心理学通俗读物典藏

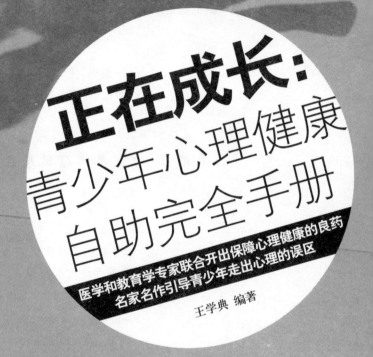

正在成长：
青少年心理健康
自助完全手册

医学和教育学专家联合开出保障心理健康的良药
名家名作引导青少年走出心理的误区

王学典 编著

哈尔滨出版社
HARBIN PUBLISHING HOUSE

图书在版编目(CIP)数据

正在成长:青少年心理健康自助完全手册 /王学典编著.

哈尔滨:哈尔滨出版社,2009.4

ISBN 978-7-80753-471-6

Ⅰ.正… Ⅱ.王… Ⅲ.青少年心理学—青少年读物

Ⅳ.B844.2-49

中国版本图书馆 CIP 数据核字(2008)第 184579 号

责任编辑:王 军　颜 楠

封面设计:奇文云海

正在成长:青少年心理健康自助完全手册

王学典 编著

哈尔滨出版社出版发行

哈尔滨市香坊区泰山路 82-9 号

邮政编码:150090　营销电话:0451-87900345

E-mail:hrbcbs @ yeah.net

网址:www.hrbcbs.com

全国新华书店经销

北京华戈印务有限公司印刷

开本 787×1092 毫米　1/16　印张 14.5　字数 120 千字

2009 年 4 月第 1 版　2009 年 4 月第 1 次印刷

ISBN 978-7-80753-471-6

定价:19.80 元

Preface 前言

辛弃疾曾经说过:"少年不识愁滋味。"真的是这样吗?青少年时期真的就像大多数人认为的那样无忧无虑,是生命中最美好的时期吗?我想,这个问题只有正处于青少年时期的我们才最有资格来回答。

我们这个群体并不是什么天生的乐天派,我们也有自己的烦恼和困惑。俗话说:"家家有本难念的经。"青少年又何尝没有难念的经呢?诚然,青少年时期是我们人生中身心发育最快、最关键的时期,生命中最为烂漫的花季和雨季也都处于这个时期。我们既不需要像大人那样为生活而奔波,也不会像孩童那样无知胆怯,我们理应无忧无虑地享受生活,可是,身心发展的不平衡却带给我们很多心理问题,让我们无法像别人想象的那样健健康康、快快乐乐地成长!

一夜之间,我们的内心会发生翻天覆地的变化。原本我们喜欢的事物,此时却成了我们厌恶的东西;学习和考试成了我们的天敌;生理上的一些变化成了我们的难言之隐;对于异性的好奇让我们焦躁不安;原来很要好的同学如今却怎么看都不顺眼;面前的困难和挫折总是压得我们喘不过气来;在家和学校一向都以做乖孩子为荣的我们却突然开始顶撞父母和老师了……一系列的变化严重影响了我们的身心,让我们根本无法用一种平和、平常的心态去思维、去学习、去生活！

我们到底是怎么了？难道我们真的陷入了什么怪圈？我们常常这样自问，却总也找不到正确的答案。事实上，我们并没有陷入什么怪圈，我们所遇到的心理问题是我们在青少年时期必然会遇到的问题，每一个青少年在其成长的过程中都一定会遇到的。

这些心理问题会给我们带来不良影响吗？答案是肯定的。当然，这并不是说心理问题本身有多么可怕，而是因为我们无法凭借着自己的能力去很好地解决这些心理问题，却又不想或者不敢告诉家长和老师，以致他们也不能及时地发现我们的心理问题，这样就会延误我们解决心理问题的最佳时机，让这些心理问题慢慢地发展成心理疾病，最终变成我们青少年成长的头号"杀手"。

难道我们就这样坐等着青春期心理问题演化成心理疾病吗？我们就不能做自己的心理医生吗？事实上，虽然青少年心理问题是不可避免的，但是，任何事物都是有规律可循的，心理问题也不例外——我们完全可以从别人身上寻求借鉴，参照别人的经历来为自己把脉诊治，让我们在这个时期提前做好预防工作，少走弯路，尽早走出心理的沼泽地！

为此，我们搜集了大量的相关资料，特意编写了此书，目的就是为了让广大青少年朋友在成长之路上快乐出发、轻松前行！青少年朋友们，丢弃所谓的成长的烦恼，全身心地去搏击人生、挑战未来吧！

Contents 目录

第一章 打开青少年"心事之锁"
——揭开青少年心理健康的面纱

第二章 学并快乐着
——青少年学习心理综述

第三章 不做高分低能人
——青少年考试心理解析

第四章 青涩的果子摘不得
——青少年青春期心理教育

第五章 架起沟通之桥
——青少年人际关系心理解读

第六章 在挫折中成长
——青少年挫折心理教育

第七章 找回健康的自我
——青少年异常心理及其治疗

第一章

打开青少年『心事之锁』

——揭开青少年心理健康的面纱

青春期是人生的一个特别时期，开始有自己的心事的青少年给自己安上了一道心门，内心世界十分复杂。叛逆、好奇、喜欢刺激、自以为坚强而独立……对于成年人来说，此时的青少年心理始终蒙着一层面纱，模糊而真实，让人看得见，却触不到，也不明白。打开青少年的心门，了解其心事，揭开其心理面纱，有利于及时掌握青少年心理健康状况，适时帮助解决其心理问题，促进其健康成长。

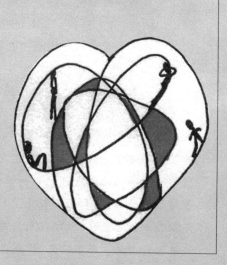

正值心理"断乳期"

青少年时期是人生至关重要的一个十字路口，是一个尤为特殊的时期。在这个时期，无论是在生理上还是心理上，我们都有了较大的变化——我们再也不像孩童时那么顽劣无知了，各种意识已经开始在我们的头脑中慢慢地觉醒，并且引领我们不断地向成熟迈进。生命的成长为我们带来了无尽的喜悦，让我们情不自禁地放声高呼："成长万岁！"

可是，另一方面，生命的成长又给我们带来很多的烦恼。因为我们毕竟是"青苹果"，这种似熟非熟的状态本身就是一种矛盾，因此，我们在心理上既有成熟的一面，又有不成熟的一面；我们看问题的时候往往带有较大的片面性和局限性，这就直接导致我们不能正确地对待前进道路中的困难和挫折，当然，这跟我们的人生阅历有很大关系，我们一方面渴望独立，一方面又不完全具备独立的能力等，所有这些矛盾和问题都直接影响着我们的健康成长。因此，有人将我们所处的这个阶段形象地称为心理"断乳期"，可谓贴切。如果这个阶段的心理问题处理不好，将直接影响到我们的身心健康。

林成森今年刚升入初一，刚刚从小学阶段过来的他简直像一只才出壳不久的小鸡，觉得什么都是新鲜的。他不停地为自己的成长欢呼，觉得自己从此以后就是一个大人了，终于不会再被那些高年级同学当做"小孩子家家的"了。他不禁将腰板挺得笔直，极力装出一副成熟、独立的样子来。于是，曾经乖巧懂事的他现在开始嫌妈妈唠叨了，开始埋怨爸爸管得太严了；为了表示自己的独立，他和爸妈较上了劲，爸妈让他往东，他偏往西，比如爸妈让他先做作业再看电视，他偏要看完电视后熬夜写作业，甚至不写作业，因此，经常被爸妈训斥。在学校里，林成森也开始问题百出，经常违反学校的纪律，不是在课堂上大声喧哗，就是不能处理好学习和玩耍之间的关系，让自己在学习上处于被动地位。林成森的这些不正常的表现让他变得非常自我并且很偏激，给他的学习和生活造成了很多不利影响。

其实，林成森身上存在的问题同样存在于我们大多数人身上——相同的年龄段让我们拥有相似的心理，只是我们自己看不到自身的一些缺点和错误罢了。不过话又说回来，这个阶段也是人生的一个必经之路，谁都无法逾越。既然是这样，要想平安顺利地走过这一程，我们就需要从主观思想上作出努力，全面地看待自己的成长，不要盲目地追求独立，一定要在自己力所能及的范围内做好自己该做的事情，绝对不可以为了表现自己的独立而做出自欺欺人的可笑之举；我们一方面要逐渐减少对父母和老师的依赖，另一方面还必须认真听取他们的合理建议，让自己在成长的道路上少走些弯路，让心理的"断乳期"成为我们健康成长的一个标志，而不是我们成长道路上的"拦路虎"。

4

"小大人"仍然很幼稚

自从我们不再被叫做儿童以后,就被冠以"青少年"之名,这个称谓有它的独特性,它既不属于童年,也不属于成年,而是介于二者之间,这就决定了我们在生理上和心理上的特殊性。虽然不再像孩童那么幼稚了,但是和成熟的大人相比,我们却仍然是不成熟的未成年人,这也就决定了我们在所谓的成熟背后依然明显存在着幼稚。所以说,我们的成熟并不是真正的成熟,而只是成熟的一个开始。然而,我们自己却并不这样认为,我们认为自己已经是大人了,处处模仿大人的行事风范,极力想让我们的形象在父母和老师的眼里变得成熟起来。因此,我们经常被大人们戏称为"小大人"。

之所以称我们为"小大人",是因为我们的言行举止和真正的大人尚有明显的差距,我们的处事方式还有相当大的局限性,看待问题也不能像大人那样全面透彻,反而常常因为自我感觉良好而犯一些低级错误。所以在大人们眼里,我们依然很"小",我们的种种表现也仍然很幼稚。

英宁是初中三年级的学生,处在这样一个特殊时期,来自各方面的压力让她感到喘不过气来。由于面临着升学考试,父母和老师都对她要求得格外严格,她觉得学习已经成为一种负担,让自己不堪重负。因此,她渐渐对学习有了抵触情绪,甚至有了放弃学业的想法。她认为,学习是为父母而学的,知识并没有多大的用途,尤其是听周围的人说学习好并不一定能找到好工作,这更坚定了她放弃学业的想法。于是,在一天早上,她骗父母说去上学,实际上却是偷偷地和同伴一起离家出走了。刚开始的几天,她过得很快乐,觉得自己终于获得了自由,再也没有人在旁边逼着她学习了,可是这种自由的生活很快就给她带来了烦恼,因为她必须面对一个很现实的问题——生存。

5

离开了温馨的家和慈爱的父母，英宁不得不自己张罗衣食住用行，这对一个尚未成年的人来说的确是一大难题。幸运的是，她很快就在一个小饭店里找到了端盘子洗碗的工作，算是解决了食宿问题。然而，她毕竟还未成年，很快，繁重的体力劳动就让她感到了体力不支，她开始想家，开始想父母，开始想自己做学生时的无忧无虑；她还在心里暗自发誓，如果能重回学校，她一定好好学习。后来，她被父母找到并接回家中，正当她高高兴兴地准备去上学时，却意外地接到了被开除学籍的通知——她因为旷课太多被学校开除了，对一个刚刚燃起生活希望的未成年人来说，这无疑是个晴天霹雳。英宁不禁为自己的年少轻狂感到后悔，可是一切都晚了，她不仅耽误了上学的时间，更错过了健康成长的绝佳时机。一步走错让她今后的生活处处被动，让她的人生处于劣势。

我们不能裹足不前，但也不能太超前。有句老话说得好："打药催熟果不甜，瓜熟蒂落瓜才香。"这就是人生的真谛，也是我们成长的真谛。只有认真地走好成长中的每一步，我们才能在人生的道路上不断走向成熟，走向成功。

6

无法逾越的心理障碍

随着社会的飞速发展，形形色色的压力和诱惑扑面而来，各种各样的心理疾病也开始萌芽，心理障碍就是目前患病率较高的一种心理疾病，这种患者表面上看跟正常人没有太大差别，可是他们往往在某个方面会有特别反常的表现，让他们身不由己。令人担忧的是，目前这种疾病的患者群体主要是我们这些青少年，我们会由于这样或那样的原因患上不同类型的心理障碍；而且，由于我们的自我调节能力还不够强，因此，一旦患上此病，我们很难凭借自己的能力去克服它，逾越它。

范学强是一名16岁的高中男生，作为独生子，他从小被父母娇惯着，除了学习，其他的一切事情都由父母包揽了，一直到上初二时，他还要靠父亲给他洗脸、洗澡。由于对父母的过分依赖，一旦父母不在身边，他就会变得胆小、怕事、羞怯、畏缩，所以他在学校里的生活很困难。他总是一个人默默地坐在教室的角落里看着同学们玩得不亦乐乎，却从来都不敢参与，以至于上了高中以后他还没有勇气与同学交往，见人就脸红。虽然身体素质并不差，可是由于他的自卑心理越来越严重，他在体育课上的表现也处处不如其他同学，三千米长跑坚持不下来，体育课成绩经常不及格；在其他课堂上的表现也是如此，对于老师提问的问题，他就算知道答案也不敢回答，甚至都不敢抬头看黑板，生怕老师盯上他，他的学习成绩就可想而知了。同学们都在背后议论他，这更让他难过。他变得更加自卑，开始自暴自弃，不愿意再去上学，为此，父母不得不把他领回家，让他暂时休学一段时间。

尹广华是一名初三的女生，从小到大一直胖乎乎的，很可爱。小时候，她对自己的身材并没有太在意，但随着年龄的增长，正值花季的她审美意识逐渐提高，她开始为自己那一身肉感到苦恼；再加上她受影视、报刊等传媒的影响，认为只有瘦才符合美的标准，于是她下决心要减肥。尹广华选择了节食减肥，每天只吃些水果，很少吃饭，最后发展到竟然连一点儿饭都不吃了。她开始厌食，看到饭就会联想到自己身上的肉，后来她的厌食症越来越严重，甚至看到饭还会有一种恶心的感觉。现在，她的体重虽然减轻了些，可是她的身体却已经因为减肥而垮掉了。

　　以上两个例子是存在于我们青少年身上比较常见的两种心理障碍。当然，它们并不能代表所有类型的心理障碍，可是，至少我们能够从中看出，心理障碍已经严重影响到了我们的学习和生活，而我们却无力凭借自身的能力去改变它。因此，一旦发觉自己有类似的心理倾向，或者思想上有其他解不开的疙瘩，我们一定要在第一时间向自己的同学、老师、家长或心理医生求助，让他们来帮助我们克服心理障碍。

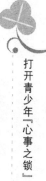

8

人格畸形发展

近来，一种名为《死亡笔记》的恐怖类印刷品在中学生中间广为流传，成为一股影响我们思想的重要潮流，逐步俘获我们的心，让我们深陷其中，不能自拔，严重影响了我们的学业和身心健康。究竟《死亡笔记》的魔力何在，竟然能让我们如此着迷？

带着这样的困惑，一些媒体深入到我们青少年当中寻找答案。结果发现，很多人迷上《死亡笔记》是出于一种偶然性的因素——大家都被其中不可预知的刺激的恐怖描写所吸引，由于好奇心的驱使，便争相购买。然而，这种读物简直就像毒品一样，很容易让人上瘾，一旦沾染，想要摆脱却非常困难，其中的恐怖描写和一些蛊惑人心的内容不仅大大地满足了我们的好奇心，而且还让我们原本纯洁的心灵滋生邪恶，最终导致我们的人格畸形发展。

自从《死亡笔记》出现后，凌云龙就成了它的忠实读者。他每天吃饭时看，睡觉前也看，甚至还将它带到课堂上，趁着老师不注意的空当偷偷地瞄上两眼，一副"求知若渴"的样子，如果哪一天不看，他就像丢了魂一样无精打采。不仅如此，他还迷恋于其中的恐怖情节，甚至在思维和行为上受其影响，比如：他将自己讨厌的人的名字写进《死亡笔记》中，迷信于书中关于人的命运由死神掌管的描述等，这些都给他带来非常消极的影响。凌云龙变得非常古怪，内心也很阴暗，缺乏安全感，整天无心学习，认为自己的命运早已被神掌控，即使自己再努力也无济于事；而且他还渐渐地和同学们疏远了，变得越来越孤僻。老师和家长都对他的行为感到异常困惑，不知道他究竟是怎么了，孰不知这都是《死亡笔记》惹的祸！

　　由此可见，我们很多青少年"鬼"迷心窍，受到《死亡笔记》的蛊惑，内心不再天真无邪，而开始慢慢变得很阴暗；我们的内心世界不再是阳光灿烂，而是充满了灰色；我们把生命当成了一场游戏，不再积极地面对生命和生活；当遇到不开心的事情时，也不能够适时调整自己的情绪，找到正确、有效的宣泄方式，而是将《死亡笔记》当成了"包治百病"的"宝葫芦"，自己快乐或不快都去那里寻求"秘方"。这就是我们这些青少年迷恋《死亡笔记》的真正原因，也是《死亡笔记》的可怕之处——它给我们青少年带来的不仅是视角方面的偏差，更恶劣的是，它在我们的内心深处产生了不可估量的毒害作用，让我们原本纯洁的心灵滋生邪恶，让我们原本健康的人格产生扭曲甚至演变成畸形。

　　当然，《死亡笔记》只是一个方面的因素。在这个社会上，任何的不良因素都有可能影响到我们的身心健康。我们要做的就是从思想上形成良好的价值观，不要盲目跟风，更不能相信迷信，我们要在不断地学习和进取中努力提高自己的道德水平，用良好的思想素养来为自己的人生保驾护航。

10

强迫症令我们不由自主

　　王志冬在某重点高中读高一，不知道从什么时候起，他形成了一个习惯：无论是在课堂上还是在课下写作业时，甚至做其他需要专心致志的事情时，他总是无法全身心地投入进去，而且还会不由自主地在心里反复吟唱某首自己喜欢的歌曲，既停不下来，又控制不住。因此，他变得很焦躁，愈加无法集中注意力，如此恶性循环，严重影响到他的学习和生活。

　　赵倩在某重点初中读初三，她有个习惯，就是每天到学校停放自行车的时候总要反复检查自己是否将车子锁好了，有时她要三番五次地回头来检查车锁——尽管车子已经锁得好好的，可她还是不放心，总担心自己是不是忘记锁车子了、车子会不会丢，坐在教室里也是心神不宁的。她也知道自己这是过分担心，可她就是控制不住，经常是正听课时就会胡思乱想，这让她都有点神经质了。

　　以上两位同学的不正常行为都跟他们的心理有关，他们的症状在心理学上被称为强迫症，主要是由于内心的过度紧张造成的。尽管还未踏入社会，但我们还是会因自己的学习和生活而感到紧张。比如考试成绩不好，或者做了错事等，都有可能让我们的内心过度紧张，总担心因哪里做得不好而受到老师和家长的批评，久而久之，我们的内心就会极度地焦虑、敏感，强迫症自然而然也就产生了。尽管那些被我们不断重复的举动毫无意义，甚至还会影响到我们正在做的事情，而很多时候，我们心中也非常清楚这一点，可就是停不下来，仿佛我们的身上已经被安上了某种按钮一样，让我们不停地重复着一些没有意义的事情，进而演变成一种心理疾病。

　　针对这一情况，我们可以采取以下措施来改善：

　　首先，我们要学会放松身心。放松也是需要锻炼的。当我们遇到什么烦恼时，我们先要让自己冷静下来，尽量不去想发生了什么，让自己的大脑在短时间内得到休息。我们可以选择静静地坐着，什么也不想，发一会儿呆；或者仰望天空，让自己的心思得以发散转移；或者干脆闭目养神。这样，训练久了，我们自然也就学会了放松身心。

其次，我们要学会转移自己的注意力。有时候，我们过于焦虑就是因为我们总想着眼前的事情，越想越钻牛角尖，到最后干脆走进死胡同里出不来了，这样就很容易出问题。因此，当强迫症出现以后，我们可以用转移注意力的方式来加以改善。比如我们可以听听音乐来让自己停止无意识的强迫之举，或者干脆找一篇好的文章来大声朗诵，让自己所有的注意力都转移到其他的事情上去，这对改善强迫症是很有帮助的。

最后，我们可以让他人监督自己。强迫症往往表现为控制不住自己的行为，所以我们可以请身边的父母和好朋友来做自己的监督者，当我们一有强迫症的表现时，就让他们马上提醒我们纠正，帮助我们离开现场，或者从心理上安慰我们，对我们加以开导，从而缓解我们的焦虑心情，让我们得以正常地学习和生活。

只要我们能积极做到以上这些，相信强迫症很快就会离我们远去！

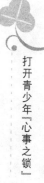

12

心的"感冒"

抑郁症,又被称为心的"感冒",是一种涉及生理、心理、情绪和思想的疾病,它不仅会影响到人的正常生活,也会影响人与人之间的感情以及对事物的看法。抑郁症不同于暂时性的心情沮丧,如果得不到有效的治疗,这种症状会持续数周、数月,甚至数年之久,而且后果严重,甚至出现自杀行为。这种病症的患者群体非常广泛,其中包括我们这些青少年。其症状在我们身上主要表现为:

(1) **情绪反常**。我们的情绪阴晴不定,很小的一件事就能让我们的情绪产生很大的波动,而我们又不愿意和他人交流,经常一个人沉默寡言,在学习和生活中提不起精神来,做事拖拖拉拉,以前感兴趣的事情现在也变得索然无味了。反常的情形让我们的脾气变得越来越暴躁,不仅刚愎自用,甚至还有自虐的倾向。

(2) **心情苦闷**。我们总是一副"身在福中不知福"的样子,尽管物质生活条件很优越,家庭和睦,同学、朋友之间相处得融洽,学习成绩也不错,可我们还是感到不开心,总会为一些还没有发生或者永远都不可能发生的事情感到担忧,而不会静静地去享受现有的一切。我们看到自己的永远都是缺点,看到别人的永远都是优点——过于自卑让我们越来越痛苦。在大人们看来,我们这样苦闷完全是"少年不知愁滋味"、"为赋新词强说愁",甚至是杞人忧天,但我们自己却认为,这是一种无法释怀的愁绪。我们的心灵每天都遭受着"牢狱之灾",变得越来越消极、悲观。

(3) **委靡不振、反应迟钝**。有时,抑郁症不仅表现在精神上,甚至还表现在躯体上——它让我们委靡不振、无精打采、浑身乏力,像是得了什么病似的,其实到医院什么也查不出来。这种症状会直接影响到我们的反应力,让我们的反应力大大减弱,显得很迟钝。上课时老师讲一个知识点,我们半天反应不过来;别人跟我们说话,我们也不能够马上和别人接上话茬儿;晚上迟迟不能入睡,睡眠质量很差,这样直接影响到我们第二天的精神。这样的情况每天都重复上演,以致形成恶性循环,让我们的情况变得越来越糟糕。

(4) **出现自杀行为。**抑郁症发展到最严重的程度甚至会出现自杀——抑郁自杀已经成了严重威胁我们青少年生命的极端病症。如果我们的心灵长时间被心理枷锁禁锢,一直处于被压迫状态,当这种沉重超过了我们的负重极限后,自杀的想法就会产生,然后我们会付诸行动。很多人都将自杀当成了解脱的唯一方式。

令人痛惜的是,尽管抑郁症给我们青少年带来了如此严重的不良影响,可是它却并没有引起有关人士的足够重视,仍然有很多青少年在默默地承受着抑郁症的煎熬,如花般娇嫩的心灵被抑郁症折磨得伤痕累累。因此,我们一定要提高警惕,一旦发现自己的思想或情绪不对,我们要及时向身边的家长、师长或亲朋好友求助,有时也有必要向有关心理部门求助,凡事赶早不赶晚,不要等抑郁症发展成重症之后再去治疗。但愿我们能早日走出抑郁症的阴影,重新回到属于我们的光明之中去!

14

死亡让我们望而却步

现在，我们这些青少年从外表上看好像挺坚强、挺豁达的，其实在内心里是非常脆弱的，尤其是在面对死亡的问题上。我们非常忌讳"死亡"这个词，甚至谈之色变，对死亡的恐惧程度超过了任何事物。由于恐惧，任何跟死亡有关的事情我们都极力回避，甚至很少参加祭奠先人的活动，因为那样的氛围会让我们联想到自己的死，会让脆弱的我们加剧对死亡的恐惧。为了逃避死亡，我们甚至天真地想拒绝长大，我们害怕随着自己一天天长大也一天天向死神靠近。然而，我们终究没有办法停止成长，这个事实让我们的内心更加矛盾和担忧，我们的心灵背负着沉重的包袱，生活也随之变得越来越暗淡晦涩，毫无希望可言。

钱玲玲是某重点高中的学生，本来学习成绩很好，可近来却显得很不正常：上课经常走神，整天一副忧心忡忡的样子，甚至还时常偷偷地哭。大家都不知道她究竟怎么了。同学们经过了解才知道，原来，前些日子在她家楼下住的一位老奶奶突然去世了。亲眼目睹了老奶奶的亲人伤心欲绝的样子，钱玲玲的心里很不是滋味，本来就对死亡非常恐惧的她变得更加恐惧了。她开始胡思乱想，开始担心爸爸妈妈也会变老，最终有一天也会像老奶奶一样离开自己，她想如果是那样的话，到时候就剩自己一个人生活在这个世界上了，那该多孤独、多可怕啊！想到这里，她常常暗自垂泪，夜里常常被噩梦惊醒，精神状态很差，神经非常敏感，稍微有一点儿声音就能把她吓得缩成一团。对于"死"这个字眼更是害怕极了，只要听到这个字，她就会浑身抽搐——她已经完全脱离了一个正常人的生活轨道，变得有点儿神经质了。爸爸妈妈都对钱玲玲的变化看在眼里，急在心里，却无济于事。

钱玲玲的情况是个特例，但出现在她身上的问题确实是目前我们这些青少年的通病。我们之所以对死亡心存恐惧，究其根源在于我们缺失了"生命教育"这一课。从小父母就没有对我们进行过这方面的教育，长辈们让我们看到的永远是生活中最美好的一面，他们认为我们的承受能力还不够，不足以承受生老病死这样沉重的现实问题，就替我们隐藏了这些生活中的"缺憾"。可是，死亡却是生命历程中不可或缺的一部分，不管回避也好，忌讳也罢，我们总有必须面对它的那一天。与其到时骤然面对死亡，以至于茫然无措，我们还不如从现在就开始对它有一个正确的认识——只有认识到了生命的短暂和脆弱，我们才能够更好地尊重生命、珍惜生命！把有限的生命演绎得无限精彩！

打开青少年「心事之锁」

16

攀比的旋涡

有人说，现在我们这个社会物欲横流，人们对于物质的追求过于盲目和虚无，导致社会上刮起了一股虚荣之风，这股风甚至也刮到了我们的校园里来。看吧，我们周围的同学都在进行着各种较量，拜金主义的思想严重腐蚀着我们的心灵——我们吃要美味，玩要高档，穿当然也不甘落后。尽管大家平时都穿着清一色的校服，从衣服上看不出什么差别来，可是看看我们的脚上就知道了，鞋子成了我们进行攀比的对象。我们把全部心思都花在了鞋上，所以在校园中，穿着耐克、阿迪达斯等国际名牌鞋的同学比比皆是，要知道一双货真价实的新款阿迪达斯运动鞋价格在 800 元~1000 元之间，然而我们却不管这些，反正花的都是父母的钱，而且还理直气壮地认为这是父母的责任！

于小伟是初中二年级的学生，他钟爱运动。平时在学校里穿着校服，他还不是太突出，可一到周末或者节假日，这个运动型的男孩其"标志"就异常明显了，光看他那一身行头就让人有点儿瞠目结舌——他浑身上下都是运动名品，上衣是阿迪达斯的，裤子是锐步的，鞋子是耐克的，背包是李宁的，走在人群里特别显眼。千万别小看了这一套衣服，它们每一件的价格都在九百元以上，这对一个尚未成年的孩子来说真的是非常奢侈。难道小伟的父母是挥金如土的亿万富翁吗？

不是的，于小伟的父母都是普通的工薪阶层，每个月也就挣着那两三千块钱的死工资，小伟的这一套行头要他们全家人不吃不喝好几个月才能够攒齐，但是为了让儿子在同学们中间能够体面一些，他的父母还是尽量从牙缝里省出钱来满足小伟的需求。于小伟本人是这样说的："不光我一个人是这样的，我们全班同学都这样，谁没有几套名牌运动服、几双名牌球鞋？太老土了肯定不行，是要被同学们瞧不起的。在我们班，谁穿了最新款式的球鞋，谁就立马会成为班里的风云人物。"

其实，于小伟就是时下我们这些青少年的一个缩影，谁敢说我们自己绝对不是另外一个于小伟呢？尽管有时候不是我们想要攀比的，可是我们却不自觉地卷进"攀比"的旋涡之中，被动地追着潮流走。青少年时期正是我们学习的大好时机，而我们却将大好的时光都浪费在物质生活的攀比上，这样还怎么能够集中精力好好学习呢？如果真的要比，那也应该是比学习啊！怎么就偏离了主题呢？别说我们现在是靠父母抚养的，我们这么做会加重他们的负担，即便将来我们自己赚钱养活自己了，要是过分追求物质享受和表面风光也肯定会腐蚀我们的思想，形成错误的价值观，不利于我们的工作和生活。所以，物质上的攀比对我们的影响是非常不利的，我们一定要正确认识其中的利害关系，把心思多用在学习上——大家都争着提高自己的成绩，这才符合我们作为学生的身份，因为学习本来就是我们的天职！

18

玄幻小说的缥缈面纱

　　俗话说："一个时代有一个时代的特色。"这句话说得很对,从20世纪60年代到本世纪初,武侠小说一度成为人们的主流消遣读物,一群群的"金庸迷"和一堆堆的"古龙迷"横空出世,人们沉迷于书中江湖的快意恩仇,一个个的"成人童话"让现实中的人们做足了英雄梦、过足了侠士瘾。但是,随着时代的发展,武侠小说已经不能够满足人们的欣赏需求了,玄幻小说就这样应运而生,并且很快成为人们的新宠。

　　从《魔法学徒》、《搜神记》到现在风靡全国的《鬼吹灯》,玄幻小说一路走来,准确地捕捉到读者的心理,极大地吸引了读者的眼球。我们这些心智尚不成熟的青少年更是无法幸免,玄幻小说成了我们的首选"精神食粮",我们整天沉湎其中,耽于虚幻的故事情节和人物,难以自拔。有人甚至将玄幻小说和网络游戏相提并论,把它看做是腐蚀青少年的又一新事物。

　　丁晓宁是一个地地道道的玄幻小说迷,自从他读了《飘邈之旅》之后,就再也放不下了。每有一本新的玄幻小说上市,他总是在第一时间冲到书店去买,随后几天他就沉迷其中,直到连续读了两三遍以后他那膨胀的阅读热情才会稍微减退一点儿;而且,几乎没有哪一本时下流行的玄幻小说是他没读过两遍的。他谈论起玄幻小说来头头是道,大有"博闻强识"之势。可是,丁晓宁对玄幻小说的热忱在学习上却没有丝毫体现。只要不读玄幻小说、不谈论其中的情节,他就会无精打采的,不愿意学习,甚至一看到课本就头疼,一坐到课堂上就想睡觉。如此一来,他的学习成绩简直糟糕透顶,每门功课都不及格。受玄幻小说的影响,他整个人看起来都有点不正常,思维混乱,总是有着稀奇古怪、不切合实际的想法,以至于形成眼高手低的毛病,什么事情他都不屑于做,学习和生活都亮起了红灯。

　　玄幻小说之所以能够风靡，是因为它那天马行空的行文思路以及不受现实约束限制的人物思维和肆无忌惮的率性的行为让很多人从中获得了快乐和放松，得到了心灵的慰藉，让人们过足了掌控一切、随心所欲的自由之瘾。因此，对于工作紧张的成年人来说，玄幻小说无疑是他们良好的解压工具。可是，对于我们青少年来说，它就成了一种毒药，因为我们还不会"取其精华，弃其糟粕"，只知道看热闹，对其中的虚幻情节深信不疑，并据此产生一些不切合实际的幻想，却不懂得考虑现实，也不懂得付诸实际行动，这不仅耽误我们的学习，还可能会酿成不可预知的严重后果。

　　所以，我们青少年一定要慎重选择玄幻小说，如果只是为了放松和消遣，我们可以适当地读一些，但是千万不可沉溺其中，更不能对其叙述的一切都坚信不疑。我们要积极利用它有利的一面，让它来开阔我们的眼界，摒弃其中虚无缥缈的东西，这样也可以提高我们的分辨能力和自控能力。如果能够做到这些，玄幻小说对我们来说才会是"利"而不是"害"，是"宝"而不是"垃圾"，是帮手而不是祸根。

20

暴力游戏是悲剧的罪魁祸首

有位母亲说，她的儿子整天就知道"打打杀杀"，一天到晚摆弄一堆很血腥的模型，总是搞恶作剧。有一次，她刚进厨房，竟然看见地上有半截血淋淋的手臂，当时就吓傻了，后来听到儿子的笑声才知道是他搞的鬼。还有一位母亲说，她的儿子最近怪怪的，总是模仿流行游戏的动作，说自己是无敌杀手，可以随心所欲地杀人，还说自己能飞檐走壁，老嚷嚷着要从楼上往下跳，吓得她整天提心吊胆地盯着儿子，生怕有一天看不住而出现意外。

以上两位母亲的描述让父母和老师都很担忧，现在的青少年到底怎么了？随着时代的发展，青少年从各种渠道接触到的社会各方面的信息越来越多，好的、坏的、正确的、错误的、有益的、有害的……因为缺乏正确辨别是非对错的能力，我们无法对这些庞杂的信息加以正确的选择，致使负面信息对我们产生很多不好的影响，出现在我们青少年身上的问题也因此而层出不穷。不知道从什么时候起，暴力游戏成了一种时尚，悄然侵入到青少年这个稚嫩的群体中，让我们中的很多人都对其趋之若鹜。我们从这些打打杀杀的虚拟游戏中找到了现实中几乎不存在的刺激和快感，满足了强烈的好奇心，也让我们紧张的学习生活得到一定程度的缓解，却也导致很多青少年朋友将精力从学习上转移到了暴力游戏上，甚至为此荒废了学业。更令人忧心的是，网络中的虚拟动作被我们搬到了现实生活当中，我们的行为举止因此而充满了暴力倾向。

初二年级的杨兵曾经亲口告诉同学，他希望自己能成为《杀人魔窟》游戏中的杀手，想杀谁就杀谁，这样就可以随心所欲地生活，把那些自己讨厌的人统统杀掉。每天除了上课、睡觉，他把其他时间基本上都浪费在玩游戏上，杀人游戏是他的最爱，原因是他喜欢其中的刺激。他周围有很多同学也都跟他差不多，对暴力游戏尤为热衷。他们经常模仿恐怖游戏中的样子吓唬女同学，还口口声声说自己是从游戏中走出来的"星人"；他们在班里经常是用拳头"说话"，大家稍有不和就大打出手，理由居然是"游戏里都是武力解决一切的"。因此，他们班经常发生打架事件。

当然，杨兵和他同学的这些举动都还是些小打小闹的把戏。与此相比，广东电白县第三中学校园内发生的一宗凶杀案就不能不引起我们的高度重视了。一名初二学生竟然趁着下晚自习课的时机持刀刺向六名同学，导致两人死亡，四人受伤。事后，有人问行凶者当时为什么要那么做，他跟遇害者有什么深仇大恨。他的回答令人颇为意外——他说，那六个同学在平时都和他挺要好的，自己只是一时兴起，想模仿一下暴力游戏中的动作，谁知道真的会把他们给刺伤、刺死？

警钟已经敲响，暴力游戏带给青少年的恶劣影响和危害已经到了非常严重的地步了。一桩桩的悲剧由此引发，让青少年犯罪案件呈不断上升趋势，网络游戏正像一双看不见的黑手在破坏着我们青少年的身心健康，让我们的心理逐渐发生病变，下意识地去认同它；再加上学习压力和青春期逆反心理，最终让我们在暴力游戏中越陷越深。所以说，暴力游戏是造成悲剧的罪魁祸首，它让我们青少年频频走上犯罪道路，让我们的花样年华就这样凋零。因此，我们首先要从思想上认清暴力游戏的危害性，时刻为自己敲响警钟，不能图一时的快意而葬送了我们的一生！

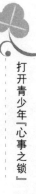

22

网络网住稚嫩的心

仿佛就在一夜之间,互联网风靡全球。它为人类提供了全世界共享的信息平台和沟通平台,使人们的生活变得快捷、有趣,让人类受益匪浅。然而,它也给我们带来了巨大的危害,尤为显著的就是它让很多青少年染上了网瘾,并沉溺其中——网络带给我们青少年的帮助远远没有它对我们的毒害大,很多青少年迷恋网络甚至已经到了走火入魔的地步。于是,我们刚刚从游戏厅这个"狼窝"里被拯救出来,却又很快被诱惑到网吧这个"虎穴"中,并且不能自拔,成为地地道道的网络"瘾君子"。

也许有人会说,网络对于我们青少年的学习也是很有帮助的。我们并不否认这一点,的确有些同学上网是为了学习,可是大多数青少年上网都是为了玩网络游戏,甚至看一些色情、暴力影片,这不仅严重危害着青少年的身心,而且很可能会诱引青少年走上犯罪的道路。作为青少年学生,我们的零用钱并没有多少,相对就显得上网费用非常高。为了获取足够的上网费用,很多"瘾君子"们不惜明目张胆地去偷,甚至还模仿影视剧里的犯罪行为进行绑架勒索,甚至抢劫杀人。很多前途光明的青少年就这样被网络所毁,这很令人痛惜。

吕乐是一个问题男孩,尽管已经面临中考了,他却一点儿也不为即将到来的升学考试而抓紧时间复习,整天泡在网吧里,经常和父母、学校"打游击战"。自从刚读初一迷上网络以后,一向品学兼优的吕乐就像变了一个人似的。开始的时候,他只是利用课余时间去上网,放学时总是第一个冲出教室,冲向网吧;后来,为了有更充足的上网时间,吕乐开始逃课,甚至一整天都泡在网吧里,吃饭、睡觉都在网吧里解决。吕乐的父母和老师经常一连好多天找不到他,等找到后,吕乐总是面色苍白,一脸倦意,很明显是经常泡网吧的结果。

　　由于长时间沉溺于网络，吕乐的学业已经荒废了。不仅如此，他的精神面貌也很差，脸色苍白，跟得了大病一样，做什么事情都无精打采的，可是只要一到电脑跟前，他立马精神十足，满脸的兴奋，好像只有网络才能让他活起来一样。亲朋好友看到吕乐这个样子都不住地摇头，都为这个问题男孩感到难过。

　　可以说，目前网瘾已经成了影响我们青少年健康成长的最大心理障碍，这并不是网络本身的过失，而是青少年的身心发育尚未成熟，无法正确判断是非、权衡利与弊并正确取舍；还经受不住网上一些消极因素的诱惑，还没有足够的自控力去远离那些新鲜好奇而危害多多的事物；对网络的认识也还不够全面，所以也就用不好网络这个帮手，最终让自己沦为受害者。

　　因此，我们一定要有一个正确的网络意识，做一个健康的网民，加强自我管理，学会控制自己，远离网络游戏，拒绝不法网站，将网络当成一种辅助自己学习的工具。希望广大的青少年朋友都能够享受到网络带给我们的好处，远离网络的危害！

打开青少年「心事之锁」

24

手机不离手

随着通讯行业的不断发展和人们生活水平的不断提高，手机已经不再是什么罕见而贵重的事物了，在我们的中学校园里也掀起了一股手机热，几乎每个学生都有一部手机，如果哪位同学没有那才叫不正常呢！在此，暂且不说手机对于一个学业繁重的中学生来说到底有没有必要，我们有必要认真地思考一下：手机究竟能够给我们带来多大的帮助，又会带来多大的危害？有人说，青少年沾上网瘾固然可怕，但是手机依赖症也非同小可。

自从我们也成了手机的拥有者之后，似乎我们比大人们更懂得手机的价值，更能够充分利用手机的各种功能。尽管我们没有什么重要业务需要谈，尽管我们也还没有工作，可是我们每个月的电话费绝对不会比大人少，有时甚至还会远远高于他们的，月话费四五百块钱是常有的事情。我们每天大约有三分之一的时间都在把玩手机，不是发短信就是收短信，要不就是用手机下载铃声、图片，除了睡觉的时间，其余的时间一刻也离不开手机，甚至连睡觉的时候都要抱着手机睡，以防漏掉同学的信息。我们已经对手机产生了严重的依赖心理，这样发展下去是比较危险的，可是我们自己却并不这样认为。

今年读高二的李晓欣已经是四年的手机用户了，自从初二那年她硬缠着爸妈买下手机后，手机就成了她的忠实伙伴。她从来不会让手机离开自己超过五分钟，甚至连上厕所的时候都带着手机；为了让手机的电量充足，她买了好几块备用电池带在身上，只要电量不足，她就立刻更换电池，那种"敬业"程度真不是一般人可以做到的。手机也算是不辜负她的一片苦心，整天响个不停——尽管都是在一个班里上课的同学，整天抬头不见低头见的，可是她和同学们普遍选择通过短信来进行频繁的沟通，老师在台上讲课，他们则在下面偷偷地短信来短信去的。经过四年的时间，晓欣已经成了一个手机操作高手，盲打水平相当高。大多数时候，她看似在聚精会神地听老师讲课，可实际上她的双手并没有停过——不是在奋笔疾书做笔记，而是正在桌子底下飞速地按着手机键，编写着一条条和同学逗乐的短信。这样下来，晓欣一个月仅发出的短信就有一千多条，这还是个保守的数据；此外，她还总是下载最新的铃声和图片，手机的一些套餐服务她也都申请。仔细算来，她的手机月话费通常都在五百元以上。

当然，话费只是关系到钱的问题，晓欣的家境比较富裕，五六百的话费对她来说也不算什么。但问题是，自从有了手机，晓欣的全部心思几乎都放在了手机上，上课时总是不集中精力听讲，学习成绩一落千丈，原本在班里名列前茅的她现在却成了让老师和家长无可奈何的频频摇头的"后进生"，她本人却并没有因此而远离手机，依然执迷不悟，真的让人很痛心。

诚然，手机大大方便了人们的生活，让天涯变成了咫尺，人们随时都可以用手机来相互问候和祝福。可是作为一个中学生来讲，如果对手机出现病态的依赖是万万要不得的。尽管我们可以用手机和同学交流学习，可是更多的时候我们是在用手机聊天，在用手机耽误我们的学习时间。对于青少年学生这个纯消费群体来说，还是慎用手机为好。我们应当摆脱对手机的依赖，将所有的心思都用在学习上。

26

问题家庭带来负面影响

事实表明，我们很多青少年之所以存在心理问题，跟我们的家庭环境和家庭教育有着很大的关联。从一出生，家庭就一直是我们的主要活动场所，所以我们受到家庭影响程度之深也是不可估量的。好的家庭氛围对于我们的健康成长是很有帮助的，而问题家庭带给我们的负面影响也是无法磨灭的。

滕东琪是个内向而敏感的女孩，虽然只是刚读初三的学生，可是她的心理年龄却要比她的实际年龄大得多。见过她的人都说她心事太重，想的事情太多，跟她的年龄很不相符。她很少和别人交流，在学校里总是独来独往。同学们都嫌她太闷，不愿和她一块儿玩。其实，孩童时的滕东琪是一个开朗活泼的女孩，然而她十岁那年父母离异，滕东琪从此就像变了个人似的，脾气越来越差，经常无缘无故地生气。她跟随爸爸一起生活，爸爸平时上班很忙，没有太多时间关注她，没有及时注意到她的变化，也没有适时地去和她沟通，这就造就了滕东琪孤僻怪异的性格。尤其是对妈妈，滕东琪更是怀有明显的对立情绪。因为离婚是妈妈先提出来的，所以爸爸家里的亲戚都对妈妈非常不满，经常当着滕东琪的面数落她妈妈的不是，这让滕东琪觉得妈妈又可亲又可恨，对妈妈产生一种复杂而矛盾的心理——她盼望着见到妈妈，可是每次见到妈妈之后却又总是躲开，并故意把妈妈送的衣服、零食等礼物扔在地上，甚至对妈妈恶语相加。

很多人都对滕东琪的变化感到很惊讶——怎么好端端的一个乖顺的孩子就变成了一只小刺猬了呢？小学时的三好学生怎么就变成了现在的后进生了呢？大家都对此百思不得其解，而只有滕东琪最清楚导致她内心发生变化的症结所在,那就是家庭的变故。表面上看,父母离异并不是一件天塌地陷的大事,可是却给滕东琪幼小的心灵带来了极大的伤害。看着同学们和爸爸妈妈在一起高高兴兴的样子,滕东琪非常羡慕,同时又感到很自卑,觉得自己在同学们中间低人一等。于是她就把这些归咎于妈妈,如果不是妈妈执意要离婚,自己也不会成为一个没妈的孩子;再加上听多了身边的人对妈妈的指责,更让她从内心对妈妈产生敌意。但是,她又非常希望常常见到妈妈,渴望得到母爱,这就形成了她对妈妈的矛盾心理。她在家里闷闷不乐,到学校又羞于和同学们交流,时间一长,她的性格就发生了根本性的转变。

可见,家庭在一个孩子的成长过程中占据着举足轻重的地位,如果没有一个和睦的家庭,青少年在成长的过程中就难免会出现这样或那样的问题。不是父母管得太松让我们成了脱缰的野马,就是父母管得太严让我们成了负重的蜗牛,要不就是单亲家庭让我们饱受亲情缺失的痛苦。家庭是我们成长的摇篮,只有良好的家庭环境才能够保证我们健康、茁壮地成长!

28

心门对父母闭锁

　　俗话说"儿大不由娘"。小时候,我们是父母的希望,父母是我们的依靠,我们的衣食住行都要靠父母来张罗,所以我们离不开父母。当慢慢长大后,我们依然是父母的希望,可是,我们却和父母渐渐地疏远,并与父母产生了隔阂。尤其是在上了中学以后,我们自以为自己已经长大成人了,完全可以独立了,不用父母再为我们操心了,也不必再受父母的约束了,所以我们总是觉得父母的叮咛和嘱咐纯粹是多余的,认为他们只会唠叨,并因此而对他们产生莫名其妙的反感情绪;认为他们对我们的要求过于严格,不够体谅我们;觉得他们的思想太古板,不够理解我们,和我们存在巨大的代沟。因此,我们宁愿到学校和同学交流,也不愿在家里跟父母多说一句话,更不会像小时候那样将自己的心事讲出来和父母分享了。

　　兰兰小时候是个乖巧的女孩,不仅人长得漂亮,而且小嘴儿也特甜,亲朋好友都夸她是个好孩子。在爸爸妈妈眼里,她更是一个懂事的好孩子,她每天都像一只快乐的小鸟,叽叽喳喳地将自己一天的所见、所闻、所想都告诉爸爸妈妈,从来不让爸爸妈妈为她担心。随着时间的推移,兰兰很快就上了初中,这时候在她身上也发生了不少变化。每天放学回到家,除了吃饭以外,其他时间兰兰几乎都是在她的小卧室度过的;话也越来越少了,以前非常喜欢和爸爸妈妈讨论问题的习惯也渐渐没有了。

　　兰兰的变化让她的父母很纳闷。一天,妈妈去她的卧室里帮她收拾东西,无意中在兰兰的抽屉里发现了一个粉红色的日记本。妈妈出于好奇打开看了一下,发现兰兰的内心世界真的很丰富多彩,当然也看到了她对爸爸妈妈的抱怨,这让妈妈感到很难过。后来,敏感的兰兰很快就发现自己的抽屉被翻过了,她很生气。第二天,妈妈又去帮助兰兰整理房间时,却愣在当场——她发现兰兰的抽屉上锁着一把新锁。这把锁锁上的仅仅是一个抽屉吗？

兰兰的表现正是我们这个年龄段的孩子身上普遍存在的现象。生理和心理上的成熟让我们的独立意识越来越强，为了表明自己已经是一个有思想的成熟的个体，我们经常反驳父母的观点，以此来显示自己的成熟。我们再也不想和父母交流什么思想，认为他们的思想都过于守旧，他们和自己根本就没有什么共同语言。即使我们将自己的想法跟父母说了，他们也无法帮得上我们，反而还会越帮越忙，所以我们就不愿意再向父母敞开心扉。再加上我们正处于青春期，本来就有强烈的逆反心理，如果这时父母再用管教的语气跟我们说话，我们会变得更叛逆，和父母之间的关系也就更糟糕。

所以说，在青少年时期，我们会不自觉地向父母闭锁自己的心门。我们千万要把握好自己，不要让自己陷入闭锁的自我空间中，要保持和父母之间的思想交流，毕竟父母丰富的人生阅历是我们无法匹敌的，他们过的桥比我们走的路还要长，即使他们的思想再落后、守旧，也总有我们望尘莫及的。愿所有的青少年都能够勇敢地打开心门，接纳父母、亲朋！

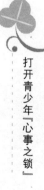

30

易碎的"蛋壳心理"

人们习惯用"祖国的花朵"来形容我们青少年，赞扬我们恣意飞扬的青春年华。众所周知，花朵尽管能够给人带来美的享受，但是它却极其娇嫩、脆弱，这一点和我们青少年也非常像。我们就像早晨八九点钟的太阳一样，给人带来蓬勃的朝气和希望，但我们的冉冉升起并不是一帆风顺的，有时候我们会被云层遮盖，会被暴雨袭击，我们会遭遇到生活中的困难和挫折，这些都是很正常的事情，然而，问题也就出在这里。因为我们还不够成熟，还没有足够的能力去承受所有的挫折和失败，所以当挫折突然来临时，我们难免会出现这样或那样的问题，我们脆弱的心难免会受到伤害，"蛋壳心理"往往就在这个时候形成。

所谓"蛋壳心理"就是指心理非常脆弱，稍微有点儿挫折、坎坷就会让我们陷入痛苦之中，就像鸡蛋一样触碰不得。现在，大多数青少年都有这方面的倾向。因为我们这一代都是在蜜罐子里泡大的，父母对于我们的过分呵护让我们很少有机会直接面对挫折和困难，在温室里长大的我们大多只品尝过世间的甘甜，虽然知道还有酸、苦、辣，却不曾尝过；被赞扬惯了的我们只会接受成功和夸奖，而无法接受失败和批评。我们貌似坚强，其实很脆弱，不要说狂风暴雨，就连一场小雨也能够让我们的心理防线轰然坍塌。这样的心理素质对我们的人生是很不利的。

像所有的同龄人一样，方东晓也是爸爸妈妈宠爱有加的娇宝贝，真的是捧在手心怕摔了，含在嘴里怕化了，爸爸妈妈从来都没有让方东晓受过任何委屈，方东晓就这样度过了无忧无虑的童年。很快就从小学升到了初中，刚开始时，方东晓还颇为自己身份的提高感到自豪，可是他很快就遭遇到了成长的烦恼。初中一年级的第一次期中考试他考得很不理想，这让他备受打击。初中的考试毕竟和小学的考试不一样,初中科目多,题目也相对较难,这让一向把得满分视为家常便饭的方东晓一时难以接受。此后,他就像霜打的茄子一样整天无精打采的,在很长一段时间里都沉默寡言。后来,在爸爸妈妈的耐心开导下,他才慢慢转变过来。不过,这次的失败已经在方东晓的心里留下了阴影,他变得敏感而自卑。一次小小的挫折就能让他痛苦很长时间,久而久之,他就形成了脆弱的"蛋壳心理"。

巴尔扎克说过:"世界上的事情永远不是绝对的,结果完全因人而异,苦难对于天才是一块垫脚石,对于勇敢的人是一笔财富,对于弱者则是一个万丈深渊。""蛋壳心理"让我们失去了承受苦难的能力,我们无法承受挫折,经不起挫折的打击,害怕困难,这样我们根本不可能面对激烈的竞争和未来不可预知的生活。因此,我们不妨先试着让自己碰壁,主动为自己设置一些障碍,让我们在不断跨越障碍的过程中打破"蛋壳心理",成长为一个拥有健全人格的人。

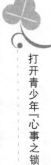

第二章

学并快乐着

——青少年学习心理综述

　　学习是学生的天职。在老师的谆谆教导、父母的殷殷期盼下，青少年每天的大部分时间都用来学习，这使得他们的压力很大。而且，由于长时间的学习及激烈的学习竞争等因素，很多青少年逐渐对学习产生厌烦情绪，学习心理朝不良的方向发展，滋生厌学心理、自卑心理、依赖性心理以及记忆障碍、注意力障碍、竞争障碍、缺乏学习兴趣等心理问题。深入分析青少年的学习心理，可以帮助其改善学习心理，提高自身的学习能力。

34

从厌学到"好好学习，天天向上"

宾宾是家里的独生子，他爸爸赚钱有道，所以家里的生活水平很高。爸爸对宾宾总是很大方，保障他从小到大的吃穿用度都是最好的，每次都给他很多零花钱，但是，爸爸的对他的学习也提出了很高的要求。爸爸经常说："我给你最好的物质生活，你也得拿出最好的成绩来回报我！"这让宾宾的压力很大，尽管他不是调皮捣蛋的孩子，但是带着巨大的压力去学习也是一件很痛苦的事情，因此他的学习效率很低，尽管他付出了很大的努力，可是学习成绩平平，总是提不上去。为此，爸爸经常训斥他，说他是个笨蛋，说自己白白为他浪费了那么多钱。这让宾宾异常伤心，毕竟自己付出了很大的努力，很认真地去学习，却只换来了爸爸的责骂与训斥。渐渐的，他对学习产生了厌恶情绪，认为是学习让他变得很不快乐。有了这样的想法，自然也就越来越不想学习了，现在，他一看到课本就头疼，根本无法学下去。

宾宾之所以会出现这样的情况，其实是厌学心理在作怪。由于爸爸的态度和一些其他方面的原因，宾宾对学习产生厌倦甚至厌恶情绪，进而产生一种想要逃避的心态，这跟他本人是否聪明没有太大的关系，主要是心理方面的因素。现在，我们很多青少年普遍存在厌学心理，这主要是由于学习压力和自身存在的各种非智力因素而造成的，它的出现严重影响了我们的学习，让我们把学习看做是一件很被动、艰难的事情。鉴于此，我们可以从以下几个方面来做，以便加以改善：

（1）培养良好的心态。 压力过大是我们产生厌学心理的主要原因。因此，我们一定要培养自己良好的心态，对学习有一个正确的认识，不要将学习成绩看得太重，只要我们努力了，即使成绩不理想，也不要灰心，因为我们可以从中找出失败的原因，这本身就是一种提高学习成绩和心理水平的方法,下一次不再犯同样的错误就行了。只要能够做到这一点,我们也就不会有太大的心理包袱了——即使这次不行,我们还有下一次,要越挫越勇才够洒脱。

(2) **培养自己的学习兴趣**。俗话说得好,兴趣是最好的老师。我们在学习的时候如果是带着兴趣去学的,肯定能够达到事半功倍的效果。所以,培养自己的学习兴趣很重要。每门功课自有其独特的魅力,就拿语文来说吧,它不仅可以提高我们的语言能力,而且还能提高我们对文学作品的欣赏水平,并有助于开拓我们的视野,也让我们了解到古今中外文化的灿烂。其他科目也是一样的,数学的逻辑性,物理、化学的实用性都是它们与众不同的闪光点。我们只要抓住了它们的闪光点,用心地去思考,慢慢地就能培养出对它们的兴趣来。

(3) **提高自己的学习效率**。很多时候,我们的学习成绩之所以上不去,就是因为我们的学习效率太低。我们总是无法集中精力,不能静下心来去学习,在学习的时候还想着玩的事情,一心二用,这样学习效率肯定不高。上课的时候不仔细听老师讲课,错过了知识点和必要的引导,对我们来说也是一大损失。所以,要想消除自己的厌学心理,我们就得注意学习效率的提高,只有学习成绩提高了,我们才会学得更有劲头。

学并快乐着

36

我是笨小孩

所谓学习中的自卑心理，通常是指我们青少年对自己的智力、学习能力及学习水平作出了偏低的评价，总觉得自己没有别人聪明，对自己的学习状态和学习成绩悲观失望、丧失信心等。这种心理成了我们学习过程中的重要障碍，给我们的学习带来的破坏力是不容忽视的。

杨晓露是初二年级的学生，平常在班里的学习成绩一直很不好，总是排在中下游。妈妈怀疑她智力存在问题，结果带到医院检查却并没有查出任何问题。其实，杨晓露之所以学习差，就是因为太自卑了。杨晓露从小就是一个胆小的孩子，什么事情都不敢做，当然也就做不好，这让她觉得自己是一个笨小孩，和同龄人在一起玩的时候她总觉得自己不如同伴。上了小学后，她的自卑心理更严重，她觉得自己各方面都比同学差很多，以至于她不敢和同学一起走，害怕有人笑话她。每次考试成绩出来的那几天也是她最难过的日子，这样的状况一直持续到初中，非但没有丝毫好转，反而越来越严重。她恨不得自己躲在一个阴暗的角落里，永远也不要被人发现。

现在我们这些孩子考虑问题都过于复杂，经常会胡思乱想，却还自以为是，就像杨晓露这样，认为自己是一个"低能儿"，自卑心理自然也就产生了。我们怎么能任由这种自卑心理左右自己一生的快乐呢？因此，我们一定要从现在做起，积极地改变这种不健康的心态。

首先，我们要正视自己，培养自信心。可以说，绝大多数青少年自卑心理的产生都是因为没有正确判断自己的能力，看轻了自己，以致缺乏自信，所以，正视自己很重要。尺有所短，寸有所长，我们要看到自己的长处，哪怕是一点点可取之处，都要将它找出来，并且将其最大程度地发挥；同时我们也要认清自己的缺点，不要因为自己有缺点就灰心丧气，毕竟金无足赤，人无完人。任何人都有缺点、有不足，关键是我们发现之后能不能积极地去改正缺点、弥补不足，如果我们能够积极地去面对、去改变，那么到最后缺点也会转化为优点的，而我们也能够在此过程中学会很多。切忌用他人的长处、优点来衡量自己的短处、缺点。

其次，为自己打气、加油。有自卑心理的青少年朋友通常都会用"我不行，我不会"等否定自我的想法来对自己进行心理暗示，所以我们要想克服自卑心理，就必须从改变这些否定自我的心理暗示做起。我们每天早上起床后都要对自己说"我一定行，我是最棒的！"之类的鼓励的话，让自我否定的、消极的心理暗示逐渐转变为肯定的、积极的暗示，这样，我们才能够慢慢地战胜自卑心理。

第三，明白"勤能补拙是良训"。其实，我们和绝大多数的同学之间在智力上并没有太大的差别，我们的差别最主要的还在于是否努力。如果能够刻苦学习，即使我们先天不是很聪明，也一样能取得好的成绩。笨并不可怕，可怕的是懒惰。所以，我们可以通过努力学习来弥补自己的笨拙，将别的同学贪玩的时间都用在学习上，这样日积月累，我们的成绩想不提高都难。

38

依赖让我们独立难成行

赵小雨今年已经升初三了，她在很多方面都不错，唯独一点不好，就是她的学习依赖心理太严重，因此学习成绩一般。赵小雨刚上小学的时候，每天做作业时都由爸爸妈妈陪着，一遇到稍微有点儿难度的题目她就立即向爸爸妈妈请教。在学校里也是这样，只要遇到不会的题目，赵小雨就会马上去问老师或同学。按说像赵小雨这样勤学好问的孩子学习成绩应该是很好的，可是她的成绩却很一般。很多人，包括赵小雨自己，都对此感到大惑不解。其实，原因很简单，就是她的依赖心理在作怪。平时学习的时候，赵小雨有父母和老师在身边辅导，可是到考试的时候就没法和他们在一块儿了，她就只能靠自己发挥，但她在平时却没有进行过这方面的锻炼，所以学习成绩一般也是很正常的。

这种学习依赖性心理看似没什么，其实它对我们的不良影响却是多方面的——我们不会独立的学习，当然也就很难独立的生活，自然也就难以形成独立的人格。要知道，父母、师长只能一时做我们的扶手，陪我们走一段人生之路，却谁也无法扶持着我们走一辈子，我们最终要依靠的还是自己，我们一定要学会自立、自强。所以，我们千万不能忽视依赖性心理，一定要克服这种心理。我们可以采用以下方法来克服依赖性心理：

(1) 锻炼自己的自立能力，养成独立思考的习惯。对父母和老师的过度依赖主要是因为我们的自立能力太差。我们已经习惯了依靠别人，所以，遇到问题时很少自己动脑子去思考，而是非要等着老师或者父母来替我们思考并决定，这样，等考试时遇到我们做过的难题我们还是不会解答，等遇到人生的难题时更是不知所措。所以，提高自立能力很重要，如果能够做到真正的独立，我们就会有属于自己的思考问题的方式，也就不会事事求助于他人了。

(2) 强迫自己独立完成事情。我们在做事情的时候，一定要注意独立完成,哪怕我们做得慢一点、差一点,只要是我们自己做好的就是一种进步。刚开始时,我们可能会不适应,会控制不住想要寻找帮手,这时候我们需要冷静地思考一下,想想这件事真的有那么大的难度吗?如果不难,我们为什么还要让别人帮助呢? 这样想过之后,我们再根据具体的事情制订出一个初步的计划,按照计划来一步步地完成,这样,等事情完全做好以后,我们的独立能力就会得到很大的提高。

(3) **让父母和老师作好监督。**我们对父母和老师的依赖在很大程度上也是由于他们的纵容造成的。如果从小时候起父母就有意识地培养我们独立思考的能力,我们也不会养成不动脑筋的坏习惯;如果老师在给我们讲解问题时不是把什么都一股脑儿地给我们讲出来,而是通过启发让我们自己去思考、去寻求答案,我们也不会在考场上无所适从。所以,我们要想根除自己的依赖性心理,还需要父母和老师的配合和监督。让父母和老师在我们表现出依赖后及时地提醒我们,尽量不要对我们的问题进行解答,只提出建议或给予启发,让我们自己去思考。

40

学习的烦恼

　　在学习的过程中，我们往往会遇到这样的问题：老师讲课的时候我们明明能够听懂，可是一到做作业的时候我们就不会了。难道是因为我们不专心听课的缘故吗？当然不是，不过问题还是出在我们自己身上——我们还不会学习，在学习上还存在困难。我们对课堂知识只是一种机械的接受，并没有将其融会贯通成为自己的知识，所以当我们运用它时也就无法做到得心应手，这让我们的学习很被动。

　　韩冰刚刚升入初中一年级，她知道初中的课程要比小学的难得多，所以课堂上听课格外认真，她的笔记是全班做得最好的一个，老师上课所讲的内容她也都能听懂，还经常积极地回答问题。但奇怪的是，每当做作业的时候，韩冰就犯难，因为所有的题目似乎跟老师所讲的内容一点儿联系都没有，她不知道该从何处入手。所以她每次做作业都感到很吃力，结果自然也是错误百出，作业本上经常被老师用红笔圈出很多的错误。这让韩冰很纳闷儿，也很苦恼。

　　难道老师课堂上讲的知识真的对我们做作业没有帮助吗？当然不是，否则，老师也就没必要讲课了。很显然，老师讲课是为了指导我们更好地学习，但我们却只会被动地去强记老师传授的知识，并没有细心地去领会其中的深意，更没有将老师所讲的内容全部消化并将其变成自己的知识储备来指导自己的学习。所以，我们经常是只会去死记硬背地套用一些公式，而不会将这些和老师所讲的内容有机地联系起来，所以我们会感到学习很困难、很吃力。

　　针对这一问题，我们可以这样来解决：

　　首先，在课下要做好小结。每次上完课后，不要以为任务就完成了，要及时地对课堂上的内容加以总结记忆，否则我们很快就会将它们忘得一干二净。孔子教导我们:"温故而知新。"知识本来就需要不断地温习和记忆才能够被我们运用自如,如果我们只知道去接受新知识,而将以前学的东西都丢在一边,那肯定是不行的。所以,课后的小结非常重要。

其次,要养成全面思考的习惯。我们做作业的时候总是不善于思考,拿到题目后不是先认真地审题,从整体上理清解题思路,而总是急着去做,去得出答案,并且看一步做一步。这样的习惯很不好,一旦有一步不会做,我们就无法继续进行下去了,这都是因为我们缺乏全局观念,不会先思考再下笔。因此,我们要养成全面思考问题的好习惯。

最后,要学会灵活地运用知识。有时候,我们掌握了一种做题技巧,却只会做一种类型的题目,碰到与它相似的题目我们却照样不会。所以,我们要学会灵活运用所学的知识,在做题目时要学会举一反三,多找些同一类型的题目来做——熟能生巧,做得多了,自然就能够触类旁通,这样会大大提高我们的学习效率。

学并快乐着

42

记忆也要讲究技巧

丽丽最近在学习上出了点儿问题。自从升入初中以后，丽丽就感觉到自己身上发生了奇怪的变化——记忆力明显减退了，最近表现得越发厉害，经常是花了很长时间却还是背不会一篇课文；即使反复应用也还是无法记牢一个数学公式；上课的时候即便再用心地听讲，只要一下课就什么都忘记了。她的学习效率和成绩因此大受影响，要知道以前她的记忆力可是非常棒的，怎么一下子就变成了这样呢？丽丽对此感到困惑不已。

其实，在我们身上也会出现类似的情况，丽丽的困惑也是我们大多数青少年的困惑。随着年龄的增长，我们发现，以前很容易就记住的东西，现在花很长时间也无法牢记，当然，这可能跟我们自身的懒惰等因素有一定的关系，但是大多数人主要还是因为记忆方面存在一定的障碍才会出现记忆力减退的现象。

医学证明，从小学到初中这个转折期内，青少年的记忆力会逐渐下降，而理解能力会逐渐提高，如果我们这时还按照以前的死记硬背的方法来记忆肯定是行不通的，我们所能做到的就是在理解的基础上加强记忆。然而，我们大多数人并不能正确地认识到这一点，所以才会出现记忆障碍这样的状况。要想在这方面有所改善，我们应该从以下几点做起：

（1）**学会理解记忆**。我们学习的知识尽管所属学科不尽相同，但相互之间都是有联系的，然而，多数时候，我们往往忽略了这些联系，一遇到需要记忆的东西，就只会按照上小学的时候惯用的老一套，靠写、背和念来机械记忆。这种记忆方法在上小学的时候用很合适，可是到了中学阶段后就不行了，因为无论是从质上还是量上，中学阶段都要提高一个层次。俗话说："牵牛要牵牛鼻子。"这时候，如果我们能够找出各种知识之间的联系，在理解的基础上加以记忆,就能收到良好的效果。

(2) **摸索一套巧记方法**。做什么事情都需要技巧,记忆也不例外。比如背诵课文的时候,我们可以先通读一遍课文,这样就会对课文内容有个大概的了解,这时候不要急于去背诵,而应该合上课本,在脑子里将课文的内容回忆一遍,然后再看一遍课文,重点看刚才没有想起来的内容,这样反复几次,直到我们能够将课文的大概内容都像放电影一样在脑海中放映一遍,然后再开始从具体细节内容开始背诵,如此一来,用不了多长时间我们就能将课文一字不差地记牢了。

(3) **注意记忆的最佳时间**。有时候,记忆不牢跟我们选择记忆的时间段不对有很大的关系。一般来说,人到中午时就容易犯困,这时候如果去记忆,效果肯定不好。科学表明,上午9~11点、下午3~4点、晚上7~10点为记忆的最佳时间,我们尽可能安排在这几个时间段来进行记忆和学习,效果相对会好得多。

学并快乐着

44

注意力不集中,三心二意难成器

青少年时期是我们身心发育最快的阶段,也是至关重要的一个阶段。渐渐成熟的心智让我们对身边的任何事物都感到很好奇,而我们的性格又没有完全定下来,这样就会产生矛盾。我们会因为不定性和好奇而变得顽皮好动,对什么感兴趣的事情都只有三分钟的热度,不会安安稳稳地做好一件事。这样的结果就是我们的注意力很不集中,在心理学上被称为注意力障碍。

孙天阳是班里的风云人物,男同学都愿意围着他转,大有唯其马首是瞻之势,原因是他非常会玩,滑板、旱冰、街舞……他样样精通。当然,这些都是课下行为,怎么玩都无可厚非,问题是孙天阳将这种玩的心思带到了课堂上。他上课时从来都不认真听讲,不是在底下偷偷地和其他同学传纸条,就是和身边的同学交头接耳,要不就干脆趴在桌子上画老师的画像,或者索性趴在桌子上睡觉,经常破坏课堂秩序。他本人也因为上课时注意力不集中而导致学习成绩很差,而且屡教不改,老师和家长都对他无可奈何。

其实,注意力障碍是我们青少年身上普遍存在的一种心理疾病,只不过在有些人身上表现得不太明显罢了。但通过孙天阳的例子,我们应该认识到,注意力障碍会严重影响我们青少年的学习。不过,我们完全可以通过自身的努力对此加以改善,甚至可以消除它的不良影响。

首先,为自己确定明确而又切实可行的目标。明确的目标让我们有很强的目的性和方向性,这样,我们就不会像无头的苍蝇一样四处乱撞,以致不能将注意力集中在一件事情上。当然,目标也不能过大,否则,实施起来难度太大,而且很可能在长时间内都收效甚微,我们的注意力也就更不容易集中。而一个切实可行的目标就很好,它能让我们能集中精力去做,并能在相对较短的时间内见到成效,这对我们也是一种鼓励。

其次,带着兴趣去学习。 我们看电视时就能够做到集中注意力,这是为什么? 原因很简单,那就是我们对电视播放的内容感兴趣,所以能够做到全神贯注。可见,兴趣很重要,如果我们对学习内容有兴趣,我们的注意力自然也就能集中在学习上。因此,要想集中精力去学习,我们就先从培养我们对所学内容的兴趣入手。

最后,提高自己的抗干扰能力。 我们不能够集中注意力,多半还是因为我们的抗干扰能力不强,抵挡不住外界干扰因素的诱惑。比如,做作业时我们会被电视的声音所吸引,上课时我们会被天上飞机的声音所吸引。因此,我们要多加强关于这方面的锻炼。比如,可以选择在人来人往的校园里读书,也可以试着在喧闹的场所听一些轻音乐。总之,我们应该想方设法来提高自己的抗干扰能力,以消除我们在注意力方面的心理障碍。

学并快乐着

46

思维之花的枯萎

卫薇一直是个很要强的孩子，学习和生活各方面都很优秀，每次考试她在班里不是第一就是第二，从来没有排到过第三。在她升入初三以后，学校为了提高升学率，将每个班里的尖子生集中在一起组成了一个"加强班"，卫薇作为重点培养对象自然被选入。由于班里高手如云，卫薇感到了从未有过的压力，她怕自己被其他的学习高手给比下去，所以每天都学得更加拼命了。可是无论她如何努力，现在，她的成绩始终在五六名上徘徊，想再往前提高一个名次都很难。卫薇不甘心，总是想更好地发挥自己的理解力和想象力，可是说来也奇怪，她越是想让自己的思维变得灵活一点儿，就越是感到头脑空空，什么也想不出来，这让她很着急。每次只要一想问题，她就会心发慌，后来已经严重到了厌食、失眠的地步，让她无法再继续正常的学习。

思维之花是人类最美丽的花朵，思维障碍让思维之花不断凋零。卫薇身上出现的问题其实就是思维障碍，这也是一种心理障碍，之所以会有这种心理障碍，跟她的性格有很大的关系。由于她太好强，时时处处都想做到最好，不给自己留一点儿放松的空间，让自己的思维总是处于高度强迫状态，长此以往，在她思考问题的时候这样只会带来严重的负面影响。这种情况出现以后，我们千万不能着急，一定要通过自身的努力来慢慢改变。

首先，学习应分清轻重缓急。学习也需要劳逸结合，如果我们只注意刻苦学习，而不注意休息也是不行的；该学习的时候努力学，该休息的时候痛快地玩，这样张弛有度，我们才能做到事半功倍。所以，我们在学习时不要一整天都埋头在书堆里，而应分清轻重缓急，有节有度，充分利用有效的学习时间来学习。如果一味地学习，不给自己丝毫放松的时间和空间，结果只会适得其反。对此，我们可以制订一个计划，什么时间做什么，一目了然，让自己的学习和休息有效地结合起来。

其次,用轻松的心态去考虑问题。我们考虑问题的时候切忌紧张,本来不难的题目,一紧张就有可能做不出来,所以在思考问题的时候我们要保持一种轻松平和的心态。不要给自己太大的压力,在考虑问题时力争做到周密,将自己平时所学的知识都对号入座地用上去,这样对学习会很有帮助。

最后,不要钻牛角尖。青少年学生很容易钻牛角,在思考问题时太过死板,做题时只会用公式和口诀来生搬硬套,而不懂得灵活变通,题目稍微更改一种说法就不知道该如何解答了,这就是很容易走入死胡同的结果,将简单的问题变成无法解决的复杂的难题。所以,我们在思考问题时不要太死板,一种方法不行,我们可以再换另外的方法,实在不行我们再折回来看看前边一步是不是思考错了,这样就不至于到最后无路可走,相反,我们的思维还会变得越来越灵活。

学并快乐着

竞争是你死我活还是你活我也活

如今这个时代,竞争无处不在,就连我们这个远离社会、散发着浓重书香的学校都充满了竞争的气息,表现最为明显的就是在学习上同学之间、各个班级之间你追我赶的竞争。这种竞争对提高我们的学习成绩起到了重要的作用,然而,作为一个学生,我们很多人都不懂得正视这种竞争,对竞争存在着各种各样的错误理解,最终造成我们在学习竞争方面的障碍。

王宝静是一名高二学生,她一直都是班里的尖子,可是她生活得并不快乐,整天愁容满面。熟悉她的人都知道她是个非常要强的孩子,可很少有人知道她的心里在想什么。她曾经对妈妈说:"妈妈,不知道怎么回事,我总是害怕别人超过我,只要有人超过我,我就会很不开心。尽管我一直都学习很好,可还是担心。每天睡觉前,我都会担心明天就会有人超过我,所以连睡觉都睡得不踏实。只要发现有谁超过了我,我在心里就会特别嫉恨他。"妈妈耐心地开导她,可是她的这种心理已经形成了,这种竞争障碍成了她心头挥之不去的阴影,无时无刻不在折磨着她的心灵,让她无法正常学习。

任何事物都有两面性。竞争有利也有弊,正当的竞争能够促进我们的学习;相反,不正当的竞争则会毁掉我们的前途,就像王宝静这样,被竞争障碍弄得无法正常学习。所以,竞争并不可怕,关键是我们要克服竞争障碍,学会正确地面对竞争。

首先,我们要学做一个乐观豁达的人。山外有山,人外有人。世界上比我们强的人太多了,不能因为这个我们就给自己无限制地施加压力,更不能见不得别人比我们强。所以,我们要养成乐观豁达的心态,尽我们最大的努力去学习、做事。只要我们付出了,就会收获回报,能争得第一固然好,得不到也不能因此一蹶不振，毕竟机会有的是，我们可以在下次、再下次去争取。只要我们能够做到这一点，我们就做到了乐观豁达。

其次，不能有功利心理。有时候，我们在学习上争当第一，并不是因为我们有多么伟大的理想，而是我们想以此来炫耀自己，或者来获得什么奖励或父母允诺的礼物，这样的功利心理是要不得的。因为有了这样的错误心理的存在，我们很可能就会处心积虑地投入到竞争当中，这样的竞争肯定是病态的，不仅不会让我们受益，反而会害了我们。因此，在学习上、竞争中，我们不能够有功利心理。

最后，多看看有关正当竞争的书。榜样的作用是无穷的。我们应该善于从书中讲述的例子来全面认识正当竞争，学习书中的人对待竞争的正确态度，从而汲取他们在竞争中的经验，看看他们是如何通过竞争获得双赢的，并将这种经验也用到自己和同学之间的竞争上去，这样我们就会逐步走上良好的竞争轨道，从而促进我们的学习。

过激心理障碍

　　过激心理是一种非常极端的心理行为，这种心理一般不容易形成，不过，一旦形成是非常可怕的，它在我们青少年身上往往表现为自杀或其他较为严重的破坏行为。形成这种心理的原因有很多，在这里我们就来说说学习方面的原因。我们的主要任务是学习，在青春期各种因素的相互作用下，因学习而产生的过激心理也是不容小视的。

　　南南是高中二年级的学生，他从小学到高中，学习成绩一直都很差，尽管他也很用功，可是从来都没有多大的起色。看着别人轻轻松松就能考出高分，而自己那么努力结果还是考得很不理想，时间长了，他的内心就很不平衡，总觉得是老天有意跟他作对；觉得是老师偏心，故意给自己打很低的分数；觉得同学们都看不起他。所以他就开始从心底里怨恨老师和那些学习好的同学，认为是他们让自己的学习成绩越来越差。于是，他一心想要报复那些学习好的同学，跟老师搞恶作剧，不是把学习好的学生的书本给偷偷地烧掉，就是将老师上课必备的教具给破坏了。后来，他竟然公开向那些学习好的同学挑衅，整天制造事端。他的行为严重影响到了自己和同学们的学习，学校不得不让他的父母把他领回家去。

　　从某个角度来说，过激心理就是一种病态心理。在学习过程中，由于学习心理、考试成绩以及和同学们之间的竞争等因素的影响，我们总是不能很好地处理这些事情，稍有偏差就有可能形成过激心理障碍。所以，我们一定要想办法来避免这种心理障碍的形成。

　　(1) 不要过分看重成绩。学习成绩是衡量我们能力的一个标准，但不是唯一的标准；再说，从一次两次考试成绩中也很难分辨出个人能力的高低，所以，我们不要太看重分数。只要平时尽自己最大的努力去学习，掌握良好的学习方法，即使学习成绩不理想，我们也不要有丝毫的气馁，因为学习本来就是一个长期的过程，仅仅靠短时间的努力就想有立竿见影的突破性成果是不切合实际的。明白了这一点，我们自然就能在循序渐进中体会到进步的快乐，当然不会有什么过激心理了。

(2) **正确地对待和同学之间的竞争**。我们和同学之间也有竞争，那就是学习上的竞争。千万别小看了这种竞争，如果没有一个正确的认识，很容易出问题。比如，为了超过学习好的同学，我们很可能不是从自身方面努力，而是采用种种手段来搞破坏，让其无法正常学习，以此来达到超过别人的目的，这样的竞争显然是不正当的。从长远的角度来看，这纯粹是损人不利己的行为。所以正确对待竞争也是避免产生过激心理障碍的一个关键因素。

(3) **提高自己的心理承受能力**。学习本来就是一件很辛苦的事情，谁也不敢保证在学习过程中总是一帆风顺的，所以碰到困难是很正常的事情。我们之所以会有过激心理，实际上还是因为我们的心理承受能力太差，一点点小挫折就会阻碍我们前进的脚步，这十分不利于我们的学习和成长。因此，我们在平时一定要加强这方面的锻炼，努力提高自己的心理承受能力。

心弦需放松

张艺超刚过了17岁的生日。自从升入高三以来，他就总是感到头疼，尤其是在学习的时候，只要一拿起课本，他就会感觉大脑木木的，根本无法继续学习下去。到了考试前夕，他这种不正常的反应会更严重，而且还经常失眠，整夜在床上翻来覆去的，到了第二天，脑袋简直像要炸开一样难受，根本无法开始新的一天的学习。他跟身边的同学交流，发现在他们身上也存在着和自己类似的情况，这让他们都很痛苦。

其实，张艺超和他的同学是患上了脑神经衰弱。从某种角度来说，这也是一种心理疾病，它的产生跟人的心理和大脑长期处于过度紧张的状态有很大的关系。像我们这些学生，尤其是面临高考的毕业生，压力非常大，不仅需要长时间高度集中精力来学习，而且还要时时承受考试及成绩带给我们的巨大压力，此外还有由父母和亲朋好友的殷切期盼转化来的紧张压力。而我们又不会通过正确的方式来缓解这些压力，只会因为紧张而使大脑承受的压力越来越大，时间久了，就会演变成脑神经衰弱。而一旦得了脑神经衰弱，后果是比较严重的。它不仅会严重影响我们的学习，甚至还会影响到我们的正常生活，让我们经常彻夜失眠，致使我们原本活力无限的身体和精神状态迅速垮掉。因此，治疗这种心理疾病就显得刻不容缓了。

(1) **学会为自己减压**。学习压力过大是导致脑神经衰弱的主要原因，我们只有学会为自己减压，才能够从根本上治愈这种病。这就要求我们在紧张的学习之余为自己找点儿可以释放压力的乐子，适当地放松一下。比如，我们看看自己喜欢的小说、影视剧，或听听自己喜欢的音乐，让自己的身心在紧张的学习中暂时得到放松，这样有利于调整我们的心态。

(2) **为自己制定一个合理的作息制度**。休息不好也是引发脑神经衰弱的主要原因。因为我们的学习过于紧张,以致没有更多的时间休息,甚至连晚上的正常休息时间也被我们用来"开夜车"了。长此以往,我们的身体自然就吃不消了,我们的生物钟被打乱,身体和心理自然就会随之出问题。所以,我们该学习的时候自然要专心学习,该休息的时候也一定要好好休息,这样才能劳逸结合、事半功倍。

(3) **坚持锻炼身体**。俗话说,身体是革命的本钱,如果身体垮掉了,我们也就什么都干不了了。尤其是处于紧张的学习之中,我们在消耗脑力的同时,也在消耗大量的体力,如果我们再不注意锻炼身体,那么我们的身体就很容易出现问题。因此,我们要养成坚持锻炼身体的良好习惯,并持之以恒。

(4) **接受心理医生的帮助**。脑神经衰弱也是一种心理疾病。古人云:"心病还要心药来医。"很多时候,我们无法靠自己的能力来获得这种心药,来自老师和家长的帮助也只是治标却无法治本。这时,我们就有必要借助于心理医生的力量,让他们从专业的角度来为我们把脉,针对我们的心病来对症下药。

54

缺乏自制力

很多家长经常感叹，说我们青少年的自控能力差，尤其在学习方面，更是缺乏自制力，即使制订了学习计划和目标也是三天打鱼两天晒网的，不能做到持之以恒。父母的感叹并非无中生有，也不是唠叨絮语，这的确是我们青少年身上存在的问题，毕竟我们还没有真正的成熟并完全独立，所以缺乏自制力也是很正常的事情。

郭鹏最近迷上了网络游戏，放学就往网吧里钻，一天不去就好像丢了魂似的；而且，即使是在学习的时候，他也总是控制不住自己想游戏里的人物，整天心思都不在学习上，这给他的学习带来极坏的影响。为此，父母和老师苦口婆心地批评过他很多次，但并没有起到丝毫作用。曾经有一段时间，他自己也想痛改前非，想将心思用在学习上，不去想与游戏有关的东西。为了阻止自己整天往网吧里钻，他还特意让身边的好朋友监督自己，这样坚持了一段时间，他学习成绩有了明显的提高。可是，好景不长，慢慢地他又开始不断出入网吧，并又重回到游戏的世界里去了。

郭鹏之所以摆脱不了自己对游戏的依恋，其原因就是他的自制力太差，对自己的约束力度不够。因此，提高我们广大青少年的自制力是很有必要的。在此，我们为大家提几点建议可供参考：

(1) 锻炼自己的坚持力。我们在做事情的时候总表现得毛毛躁躁的，不能耐心地去做好一件事，说到底还是因为我们缺乏坚持力。所以，要想锻炼我们的坚持力，最好从需要耐心和细心的事情做起。比如，我们可以通过画画来锻炼自己的耐心，培养自己的坚持力——画画是一项比较细致的工作，它对我们的细心程度要求非常高，需要我们一点一点地去勾勒线条，填充颜色,一步做得不到位就会影响全局。

(2) **要把握好做事情的度**。俗话说,过犹不及,也讲矫枉过正。任何事情都是有一定限度的,过了度不行,不及度也不行。就拿我们对网络的态度来说吧,如果我们沉溺其中肯定会影响学习,但如果为了不让我们玩网络游戏,就让我们远离网络、远离电脑,肯定也是不妥当的。毕竟现在是网络时代,电脑已经广泛普及,如果我们是个电脑盲,不仅会阻碍我们以后的发展,就现在而言,我们不会利用电脑从网络上查资料,也会比其他同学落后很多。所以,我们要学会把握做事情的度,做到适当。

(3) **要学会给自己提个醒**。我们缺乏自制力,其实就是在贪玩的心理产生时,不能够有效地控制这种想法,被自己的贪玩心理牵着鼻子走,最后影响了学习。所以,我们要学会提醒自己,当自己有贪玩的念头产生时,要及时地打消它。

学并快乐着

动力十足才能劲头十足

我们都知道,汽车之所以能在公路上奔驰,是因为有汽车引擎给了它强大的动力;水流之所以能够发电,是因为水能给发电机带来强大的动力,从而完成了水能向电能的转换。可见,动力很重要,它在我们的日常生活中起到了不可替代的作用。同样,它在我们青少年学习中也有着举足轻重的作用。如果没有动力,学习就会变成一件非常机械而枯燥的事情,我们会像没油的汽车一样,瘫痪在那里,别人推一下,我们就动一下,别人不推,我们就停滞不前。

汪嘉华是高二的一名学生,最近她在学习上突然之间感觉到没有了动力,一点儿都提不起学习的精神来,原因就出在上次的模拟考试上。那次考试,她认为自己考前已经复习得很好了,可是,等考试成绩出来后她却傻眼了,原来,她的成绩出乎意料地差,这让她很痛苦,也对自己的能力产生了怀疑。她认为自己无论怎么努力,成绩始终都不会有什么起色了,为此她感到前途很渺茫,突然之间就像泄了气的皮球,一点儿精神都没有了,完全失去了学习和前进的动力。她也试图改变这种状况,却收效甚微。

像汪嘉华这样的状况通常会出现在每次考试后,我们大多数青少年朋友可能都遇到过,而且总是会间歇性地出现,这极大地影响了我们正常的学习。所以,我们有必要通过自己主观方面的努力进行适当的调整,以改变这种不良的心态。

(1) **不要对考试成绩过于敏感。**我们要对考试有个正确的认识,应该认识到考试只是对我们掌握知识点情况的一个考查,是一种手段而不是目的——我们可以通过考试来检验自己对知识点的掌握情况。如果考得不好,说明我们还没有很扎实地掌握已经学过的知识点,那么,我们就要仔细找出原因,然后再对有关知识点进行查缺补漏,做到有的放矢。所以,我们不要对考试成绩过于敏感,而应当将自己的精力都放在查缺补漏上。

(2) 为自己树立一个远大的理想。理想就像大海上的灯塔一样,指引我们不断前进。有了理想的指引,无论在什么时候我们都不会迷路,也不会放弃。我们之所以会缺乏动力,主要还是因为我们没有什么远大的理想,看到的都是眼前的成败、一时的得失,所以才会承受不住眼前的失败带来的打击,无法为了理想而不懈努力。所以,为自己树立一个远大的理想是非常重要的。

(3) 为自己树立一个榜样。榜样的力量是无穷的。有时候,我们可能会处于人生的低谷,可能会觉得没有了学习的动力,但只要一想到我们的榜样是怎么战胜自己取得优异的成绩、怎么克服困难完成学业的,我们就会不自觉地受其影响,充满了无穷的动力。所以,我们最好为自己树立一个优秀的榜样,并且时刻以此来鞭策自己、激励自己。

学并快乐着

兴趣是良师益友

不知道从什么时候起，在我们这些青少年中间开始流行这样一句话："学习真没劲，一点儿意思都没有！"这足以看出我们对待学习的态度。在我们眼里，学习是一件很枯燥的事情，我们甚至从心底已经对学习产生了一种抵触情绪。我们将学习当成是完成任务，认为学习是为父母或老师而学的，成绩的好与坏都和自己无关。在学习过程中，我们缺乏责任心，得过且过，一点儿学习的兴趣都没有，这样的学习效率肯定很低。

高晨露是个活泼的女孩，她在舞蹈方面很有天分，而学习却很一般。她今年已经上初三了，尽管面临着巨大的升学压力，她竟然跟没事人一样。父母和老师都替她着急，可她自己却始终投入不到紧张的学习中，在学习上总是表现得懒懒散散的。她对身边的同学说："学习有什么意思啊，我一看到课本就头疼，书本上的知识太枯燥无味了，我宁可抽出时间练习舞蹈也不愿意多做一道数学题。"她从来不在学习上"浪费"一分钟，每次总是匆匆做完作业就万事大吉了，剩下的时间她从来不去温习课堂知识。有时候，迫于父母的压力，她不得不坐到书桌跟前，却根本连一个字都没有看进去，只不过是坐在那里发呆。

高晨露的情况并不是一个例外。现在，我们很多青少年朋友的心思根本不在学习上，普遍缺乏学习兴趣，这严重影响了对知识的汲取。针对这种情况，我们可以从这几个方面来做，以改变现状：

首先，我们要找出每门功课的可取之处。我们之所以会对学习缺乏兴趣，最主要的还是因为我们认识不到每门功课的重要性，所以，找出每门功课的独特作用是非常必要的。比如，语文可以提高我们的语言水平，地理可以让我们了解世界,英语可以让我们沟通海外等。如果我们仔细发现,任何一门功课的设置都有其必要性及科学性,知道了这一点,我们就能从心理上端正态度,从而慢慢对各学科产生兴趣。

其次,加强对相关资料的学习。从某个角度来讲,知识的确是很枯燥的。即使它再有用,如果我们因它的枯燥而产生反感,那也不利于我们的学习。所以,我们可以选择与其相关的资料来学习,间接地让自己喜欢上这门学科。比如,我们讨厌英语,那么我们完全不需要去死记硬背单词和课文,我们可以先从看英语读物和欣赏英语歌曲学起,很多英语读物或歌曲都是非常有意思的,如果我们被它吸引,就能对我们的英语学习产生很大的帮助。

最后,对学习要有正确的认识。有时候,父母对我们的管教是严厉了点儿,对我们的学习要求是严格了点儿,可这都是为我们好,如果我们因为父母的管束就错误地将学习当成是给父母学的,这种态度是非常不正确的。所以,我们对学习必须有正确的认识。我们应该认识到,学习是为了我们自己,为了我们能够拥有更多的知识,以便将来更好地工作和生活。只要我们能有这样的认识,学习兴趣自然能够得到慢慢培养。

学会学习

经常听到一些学生疑惑不解地抱怨："我已经很努力了，怎么学习成绩就是提不上去呢？难道是我没有别人聪明？难道我的智商有问题？"其实，这并不是聪明不聪明的问题，跟智商也没太大的关系，之所以会出现这种付出和收获不成正比的情况，很大程度上是由于我们学习方法不当造成的。这些不适当的学习方法主要有以下几种：

(1) 学习无计划。有的学生学起来很盲目，学习目标不明确，也没有什么计划，尽管是在很努力地学，但也只能像无头的苍蝇一样瞎撞，不会有什么大的效果。

(2) 不会听课，不会做笔记。课堂听课是我们获得知识的主要途径，但很多同学都把握不好这一点。虽然我们也在聚精会神地听，却并不知道哪里是重点，还经常把次重点当成了重点，而把重点的东西当成了非重点，记的笔记有很大一部分都是无关紧要的内容，对学习没有太大的帮助。

(3) 死读书，不求甚解。我们只会机械地背书、做习题，从来都没有想过效率，结果花费了很多时间却收效甚微。我们对知识缺乏推敲和理解，只会硬往脑袋里塞。

以上都是我们在学习中普遍存在的问题，给我们的学习带来很大的障碍。因此，我们要找出自己在学习中不正确的学习方法，然后对症下药，逐步摸索出一套适合自己的良好的学习方法。

首先，为自己树立明确的学习目标。比如，我们可以定短期目标和长期目标，短期可以是一天，也可以是一个星期；长期可以是一个月，也可以是一个学期。我们今天要达到什么样的目标，要完成多少任务，这个月的月考要取得什么样的成绩，对于这些，我们都要做到心中有数，每天都和自己制订的目标进行对照，这样完成与否我们就一目了然，再进行下一步的学习就会很轻松了。

　　再次,我们要充分把握好课堂上的 45 分钟。会听课的同学都知道,老师讲课的时候其实是有暗示的,是有轻重缓急之分的,当讲到重点内容时老师都会特意放慢速度并重复几遍,这时候就需要我们做好笔记。可见,听课也是有技巧的,光靠专心还不行,还要听门道,这样我们才能充分利用好课堂上这短短的 45 分钟,并收获颇丰。

　　最后,养成勤于思考的好习惯。在背书的时候,如果我们能够先将课文的内容大致了解一遍,在理解的基础上加以记忆,效果就会很明显。同样的道理,在做练习的时候,我们不能只求多,大搞题海战术,而应该多思考,在追求"量"的同时更注意提高"质",提高学习效率。这样,哪怕我们一天只做一道题,只要我们能够将它弄得清清楚楚、明明白白,完全掌握了这一类题目的解题方法,这对我们来说也是一个很大的收获。

学并快乐着

62

眼高手低是大忌

我们或许都有过这样的困惑：这道题不难啊，我一看就能马上知道怎么做，可当自己真正下笔去做的时候却往往错误百出，这是为什么呢？其实，有这种困惑的同学平时大多是个手懒、不勤于动笔的人，什么事情都只是看看而已，很少亲自动手去一步一步地做完，所以才会形成这种眼高手低的毛病。

现在的孩子大都聪明伶俐，很多事情只要跟我们提起，我们就都知道个八九不离十的。就拿老师讲课来说吧，我们在下边反应很激烈，因为老师讲的内容我们都知道，所以自然也能跟着老师的思路走，还能准确地回答老师的问题。这让我们非常得意，因此我们平时从来都不做练习题——我们只是看看就会了，所以就懒得再动手演练。难道我们真有那么神吗？事实上，那些题目看似很简单，一旦真正操作起来我们才发现事实并非如此。中间的步骤很容易出错，加上我们平时缺乏这方面的训练，所以很容易落入题目故意设置的圈套中，到最后我们会被自己眼高手低的毛病害得很惨，所谓的"阴沟里翻船"说的也有这个道理。所以，动手能力差会严重影响我们在学习中的正常发挥。因此我们千万要警惕这一点，如果有这方面的毛病，就要努力去改正。

首先，要养成勤于动手的习惯。俗话说："好记性不如烂笔头。"即使我们再聪明，记忆力再好，大脑容量也是有限的，所以千万不可只凭大脑去记忆、去思考，一定要同时辅助以行动。比如，我们在读书的时候可以同时在本子上记下比较生僻的字词，在记数学公式的时候可以同时将有关公式列举的例题好好地演算几遍。只有这样，我们才能改正或避免眼高手低的毛病，而良好的动手习惯本身就会为我们的学习带来很大的帮助。

其次，对容易的题目也不要掉以轻心。我们中的很多青少年朋友都喜欢挑战难题，而对容易的题目总是一扫而过，所以问题往往就出在这里——很多学生都能将特别高深的题做对，却总是因为不够细心或者基础知识掌握不牢等原因而在一些看似非常简单容易的题上出错。所以，越是容易做的题我们越是要当心，一定不要轻视。我们要争取将容易的题做精，将难题做好！

最后，做到温故而知新。不要怕麻烦和重复。在今天开始做题的时候，我们一定要对昨天学习的知识点进行全面的复习，巩固所学的旧知识，也会感悟出新知识，这样我们做题的时候才能感到得心应手。不管题目怎么转换，只要掌握了做题的方法和相应的知识点，我们就能轻松地解答难题了。所以，温故而知新是非常必要的。

学并快乐着

第三章

不做高分低能人

——青少年考试心理解析

"考,考,考,老师的法宝;分,分,分,学生的命根。"相信广大的青少年朋友对这句话都能倒背如流——考试是家常便饭,考分更是"精神食粮"。从小到大,我们经历了无数次不同意义的考试,对于中学生来说,中考和高考等考试的意义更是非同一般。伴随着形式各异、意义各异的考试,又由于个人心理素质等因素的差异,青少年便产生了各种各样的考试心理问题,如焦虑性失眠、怯场、作弊心理、高分低能等。深入分析并掌握青少年的考试心理有助于帮助青少年朋友克服相关心理问题,轻松自信地迎接考试。

66

"考试病"侵袭青少年

所谓"考试病"，指的是青少年学生听说考试而表现出脸色苍白、大汗淋漓、精神紧张等一系列躯体症状，这种病的症状类似于心脏病，当然它肯定不是真正的心脏病。我们的同龄人患上这种病，是根本不需要药物治疗的——只要考试一结束，病症就会马上消失，整个人顿时变得精神焕发，这种病自然也就不治而愈了。人们常说："病来如山倒，病去如抽丝。"而这种病来得快去得更快，所以让人感到很奇怪。

陈瀚穹是个比较外向的男孩，平时活泼好动，是一个典型的阳光少年。但他有一个很奇怪的毛病，就是一听见"考试"这两个字，他就像受了致命的刺激一样，脸色白得吓人，浑身止不住地颤抖，恨不得找个地缝藏起来。同学们听说了他的这一毛病之后，就想试试他，以为他只是惧怕真正的考试，对"考试"这两个字还不至于怕成那样。于是，大家就在一天课间将"考试"两个字用粉笔写在陈瀚穹的课桌上，结果，上厕所回来的他看见这两个字后马上就浑身颤抖不止，要不是同学及时扶住他，他就晕倒在地上了。

陈瀚穹对考试的反应如此强烈，可见他的"考试病"已经相当严重。就目前的情况来看，我们青少年中像陈瀚穹这样的并不在少数。可能是因为父母的要求太严格，或者是由于一次的考试失误而造成的心理阴影等各方面的原因，我们患上了严重的"考试病"，经常在考试前或考场上出现一系列的心理问题，这不仅影响了我们考试时能力的正常发挥，而且还给我们的学习和生活带来极为不利的影响。我们不能坐以待毙，而应采取积极有效的措施去根治这种"病"。

首先，多看一些调整考试心态的书。考试心理学已经成了心理学研究的一大热点，有关这一类的图书层出不穷。我们不妨多看点儿这类读物，自己做自己的心理医生，让自己不良的考试心理能通过这种方式逐步得到调整，并且按照书中所说对考试重新加以认识，让自己逐渐由厌恶考试转变为能轻松地驾驭考试。

其次，不要自己吓唬自己。有时候，我们喜欢自己吓唬自己，本来不是很难的事情被我们想象得非常难，这样一来，还没等我们开始做事情，失败就已经成定局了。考试就是这样——多数时候不是考试有多难，而是我们习惯于将考试想象得很难，给自己的心理制造紧张感。带着这种紧张去参加考试，不能取得好的成绩不说，还会让我们因此对考试产生心理障碍，给我们以后的考试蒙上阴影。

最后，明白"失败乃成功之母"的道理。多数同学患上"考试病"跟失败有关系，或许是一次的失败或许是好多次的失败，总之给自己的心灵造成了不小的创伤，以至于不能正视考试——考试成了我们费尽心思却总也迈不过去的坎儿。随着考试次数的增加，考试带给我们的心理疾病也越严重，最终发展到令人难以承受甚至无法承受的地步。所以，我们一定要正确认识失败，不要因一两次的失败就判定自己出局，而应当学会从失败中总结经验和教训，让失败真正成为成功的"亲娘"。

考试成了"紧箍咒"

  曾经有人将考试比喻成青少年的"紧箍咒"，这一比喻很贴切。是啊，不管考试的出发点再怎么好，可是到了我们学生这里，无一例外的都不受欢迎。这种情况跟学习好坏没有多大的关系——学习好的学生不喜欢考试是怕因此失去自己原有的名次，学习不好的学生不喜欢考试自然是"常理"之中的事情。所以，考试成了我们青少年避之不及的"紧箍咒"，它每出现一次，我们就要痛苦一次。我们被考试折磨得失去了年少轻狂的本色，小小年纪就未老先衰，一副少年老成的样子。

  石磊是正在读高二的学生，可是如果不了解实际情况的人单凭外表来判断，绝对看不出他还是个中学生——他戴的眼镜厚度比一般的玻璃瓶底还要厚，脸上根本没有青少年的朝气，有的只是岁月沧桑的痕迹，又是"少白头"，乍一看俨然就是个小老头。不过，石磊是班里的尖子生，每次考试他都名列前茅，但是成绩优异的他并没有因此而感到高兴，反而整天都愁眉紧锁，似乎过得很不开心。同学们都觉得不可思议，大家都羡慕他学习好呢，他还有什么好愁的？其实，石磊是一个争强好胜的孩子，他把每次考试都看得很重，生怕哪次有什么闪失而导致自己的名次下降。所以对石磊来说，每次考试都是一件十分痛苦的事情，他的压力很大，不得不抓紧所有的时间去努力地复习，每天都把自己搞得身心俱疲。细心的同学发现，每次大型考试过后，石磊的头发都要比原来白得更多一点儿，他的眼镜度数也在短短两年时间内就升到了500度。而这都是因为他头上戴上了考试这个"紧箍咒"。

  石磊被考试弄得身心俱疲，真的背离了设置考试的初衷。难道考试就是为了让我们都变成死板学习的小老头吗？不是的，我们之所以会像石磊一样把考试视作"紧箍咒",还是因为我们对考试缺乏正确的认识,曲解了考试的本意,将一些功利性的东西带进了考试当中去,这样我们就很难有正确的心态去面对考试。因此,我们应该努力做到如下两点以改变这种现状:

(1)**让考试成为鞭策我们进步的鞭子。**我们错误地看待考试只会让考试成为阻碍我们学习和进步的拦路虎,而考试的真正目的却是要帮助我们检验学习成果,帮我们查缺补漏,是一种手段,而不是目的。所以,考试应该成为我们学习的工具。只有认清了这一点,我们才能够对考试有一个正确的认识,从而让考试成为一条鞭子,时刻促进我们努力向前。

(2)**考前让自己的心理保持适度的紧张。**考前的心理放松是很有必要的,但也不能松得太过分,那样只能让我们的思想像野马一样控制不住,以致到考试的时候还恢复不过来,那就不好了。所以,考试前或考试期间,心理要保持适度的紧张,既不惧怕考试,又不讨厌考试,做好充足的准备,平心静气地等待考试的到来,这样才能在考试中打一个漂亮仗。

不做高分低能人

升学考试压力波及低龄学生

　　最近接触到一些青少年，他们虽然不是什么"准考生"，可是考试带给他们的压力一点儿都不比那些"准考生"小，这是什么缘故？据了解，他们大多都是受了身边那些"准考生"哥哥姐姐们的影响，看到哥哥姐姐的升学压力那么大、对未来的抉择是那么艰难，被这种沉重的氛围给感染了，很自然就想到了自己到时也"在劫难逃"。这让他们深受其害，提前对此产生了厌恶或恐惧，以至于对待平时的考试都开始感到很紧张。

　　婷婷刚升入初二，就好像变了一个人似的，再也不是以前那个活泼好动的女孩了，不仅明显稳重多了，而且还整天一副很忧郁的样子。以前在学校，除了上课之外，她都会跟要好的同学一起玩闹，现在的她除了学习还是学习，很少和别人一起玩；以前每次放学回家，她都主动和爸爸妈妈说说她一天来在学校发生的事情以及她的想法，可现在只要一回到家里，她就一头钻进自己的卧室开始学习，直到妈妈喊她出来吃饭，她才勉强出来待上一会儿。不仅如此，她还渐渐对总是絮叨让她努力学习的妈妈产生了敌对情绪，开始和班里那些在学习上和自己不相上下的同学产生摩擦和矛盾。为什么仅仅过了一个暑假，她的变化就会这么大呢？原来，她在暑假里到姨妈家去做客，见到了即将考大学的表哥，看着他被升学压力弄得紧张兮兮的样子，她自己也受到了很大的影响和刺激。一想到自己最终也是要高考的，她就感到害怕，因此才会有这么大的变化。

　　其实，考试并不可怕，很多时候都是我们在自己吓唬自己。很显然，"准考生"对我们的影响是其中一个非常关键的因素。如果我们不能调整好心态，那么等我们成为"准考生"时，恐怕心理上已经面临崩溃了。所以，我们应该从现在开始调整自己的心态,让自己拥有一个健康的考试心理。

(1) **我们要摆正心态**。作为学生,经历大大小小的考试是家常便饭了,既然如此,如果我们一味地害怕、逃避是不能解决任何问题的,我们一定要摆正心态,积极地去面对它、适应它,不要将一次考试当成是生死攸关的大问题,我们只要尽自己最大的努力去做好自己的本分就可以了。无论怎样,我们已经努力了,至于结果就并不重要了,重要的是每一次考试对我们来说都是一次收获,这才是设置考试的真正目的。

(2) **考前放松心情**。很多同学在考试前都如临大敌,感觉考前的时间最应该好好抓住。因此,在考试前恶补,甚至经常开夜车,总以为"临阵磨枪,不快也光",所以尽管平时没怎么学习,可是一到考前,大家都铆足了劲儿奋力拼搏一番。其实,这样并不好,也不会有多明显的效果。考试主要依靠的还是我们平时所学及积累,而不是那微不足道的"临时抱佛脚"所得,所以考前最重要的是放松心情。这时候我们要做的就是对先前学过的知识进行回忆和总结,而不是拼命地再注入新知识,因为此时的恶补实际上也起不到什么作用,反而会让我们更紧张,加重我们的心理负担,影响我们的正常发挥。因此,考前放松心情是完全有必要的。

不做高分低能人

轻轻松松面对考试

我们大都听说过类似的事情：某某某在考试的时候竟然在考场上哭了起来，谁谁谁在考试时忽然晕倒了。可能我们会认为这种事比较可笑，但仔细想想，广大的学生朋友会有这种反应也不难理解——这都是考试怯场的表现。难道我们自己身上就没出现过类似的状况吗？肯定有，只不过我们的表现比较轻微、不容易察觉，影响也没那么恶劣罢了。

李玉城是初二的学生，属于知识比较丰富的那种好学生。他平时各科学习成绩都挺好的，课上老师讲的知识点他掌握得很牢，课下同学们不会做的题他都能解答，平时做作业的正确率也很高，老师和同学都很看好他。然而，他总是考不出好成绩来，每次考试都成绩平平，有时候还滑落到班里的中下游。这让周围很多人都不理解——平常他可是班里的小老师啊，怎么回事？原来，李玉城有考试恐惧症，每次只要一坐到考场上，他就胆怯，以致看到试卷后就会感到头脑里一片空白，平时烂熟于心的知识也忘得一干二净，当然试卷也就做得不好，成绩也一般了。为此，他感到异常苦恼。

像李玉城这种有水平却发挥不出来的例子在广大青少年朋友中其实很常见，这就是我们通常所说的考试怯场的表现。很多青少年都因此而深受其害，让学习变得很被动。那么，面对怯场，我们究竟应该怎么做呢？

首先，考前两天，放松心情。此时，其实我们的知识已经定型了，再复习只能增加我们的心理负担，因此这时候休息是主要的，学习是次要的。在充分的休息之后，我们可以通过回忆的方式对已经掌握的知识点进行比较系统的归纳总结，这样做的效果远比我们单纯地去记几个单词、做几道数学题的效果要好得多。

其次,睡眠要充足。越是到了考试前夕,我们越要保证做到这一点。充足的睡眠能够让我们在考试时处于最佳的精神状态,让我们的水平能够得以正常发挥,甚至超常发挥。很多人之所以会在考场上出现头脑空白、混沌不清的状况,很大程度上跟睡眠不足有重要关联。在考场上我们大脑处于混沌的状态,还怎么能够正常地发挥?因此,千万不能够掉以轻心,一定要保证睡眠充足。

最后,在开考前做几次深呼吸。开考前很关键,有时候,还没开始考试,我们就先不自觉地紧张起来,这样等考试真正开始后,我们就会越来越紧张,以致不能正常地思考,严重影响了我们水平的正常发挥。鉴于此,我们在开考前可以尝试做几次深呼吸,以此来放松心情,让我们的心情在紧张的状态中得到舒缓,这样对接下来的考试非常有益。

但愿我们都能够克服怯场这一心理障碍,平静而信心十足地对待每一场考试。

74

异性搭伴非良策

　　曾不止一次听到有家长焦虑地说："马上就要高考了，可我儿子却和他班里的一个女同学走得非常近，都到这个时候了，还出现早恋的情况，这可怎么办啊？"其实，这位家长的困惑也是不少高考"准考生"家长的困惑。大家如果仔细观察的话，就会发现家长的困惑并不是无中生有，而是发生在我们青少年身上的一些真实而较常见的现象。尤其是到了临近高考的阶段，男女同学的关系会发生很微妙的变化。他们之间不再是"势不两立"的对峙关系，而是越来越密切，整天都形影不离，似乎总有谈不完的话，这让不知情的人很容易认为他们是在谈恋爱。

　　当然，我们不排除这其中肯定有一部分是在早恋，但大多数同学的出发点是好的，即都是为了更好的学习。众所周知，高三的压力超过了以往任何时候，我们每天都沉浸在紧张的复习气氛当中，随着高考一天天的临近，我们也越来越紧张，甚至都快透不过气来了。这时我们发现，如果找一个同学聊一聊，天南海北地大侃一番，能让心情放松很多，如果这个聊天的对象是异性同学的话，效果会更好。俗话说"男女搭配，干活儿不累"，虽然这个说法用在这里不太恰当，但道理是一样的。

　　异性搭伴学习是一种有利于促进我们学习的方式。它让男女生身上各自的优缺点得到弥补，从而大大提高了我们的学习效率，也舒缓了我们与日俱增的压力和紧张感，但它同时也存在不容忽视的弊端。因为我们青少年正处于青春期，还无法完全把握住自己的感情，一旦掌控不好，这种男女搭配学习的情况就有可能演变为早恋，最终和出发点背道而驰，严重影响学习的正常进行。所以，我们一定要从思想上提高警惕。

　　首先，懂得外因和内因之间的辩证关系。和异性搭伴学习只能算是一个外因，而我们自己主观上的努力调节才是内因，是改变现状的根本性因素。

如果我们不从主观上努力,仅仅想依靠异性交往就完全缓解压力、提高成绩是不可能的。所以,要想放松心情,还得靠我们自身的努力才行。

其次,要和异性保持一定的距离。虽说我们不赞成古人"男女授受不亲"那一套封建传统,但毕竟男女有别,而且处在高考这一非常时期,因此,男同学和女同学之间的交往尤其要把握好分寸。保持同学之间纯洁的友谊,不要让这种友谊变质,更应该避免让它演变成早恋。

最后,为自己寻找多种解压方式。不要片面地认为只有和异性搭伴学习才是最好的解压方式,其实最好的解决办法是为自己多找几种解压方式,比如在课余时间打打篮球、羽毛球,或者听听音乐、到操场跑跑步什么的,这样的解压方式都很不错,而且还能为我们紧张的高三复习带来很多乐趣。

面临高考要有一颗平常心

说起由考试引发的心理疾病，恐怕还要数高三年级学生的最为严重。高三是一个非常敏感的阶段，因为高考是人生的一个重要转折点，很多人都想借此机会"鲤鱼跳龙门"，从而改变自己的命运，所以大家都下意识地将高考放在了一个其他事情不可企及的位置，以至于使我们望而生畏、望而却步。再加上父母的殷切期望和老师的谆谆教导，让我们无法不对高考产生希望、渴求、紧张等心理。如果此时处理不当，我们就极易患上一系列的高考综合征。

王庆兵今年刚刚踏入高三的门槛，但他已经明显感觉到了与以前相比而产生的巨大差异，这些差异让他一时难以接受——以前嘻嘻哈哈的同学突然间都安静沉默了不少；大家似乎都很忙碌，整天来去匆匆的，就连他要好的玩伴见了面也只是微微一笑就算打过招呼了；以前班里每个星期还有一次联欢活动，可现在早已被班主任以"一切为高考让路"为由而取消了；大家每天过着标准的"三点一线"式的生活，思想的弦都绷得紧紧的。生活在这样的环境里让王庆兵感到很压抑，甚至觉得快要窒息了，他不想像其他同学那样拼命死学，却已经不自觉地遵循这种方式去学习和生活，好像就算他不学也有一种力量在推着他学。于是他也渐渐把自己融入了这种所谓的"高三生活"当中。然而这只是一种表面现象，迫于家长和老师的压力以及周围环境的影响，他不得不硬着头皮去那样做，至于效果自然是不言而喻了。事实上，王庆兵根本就静不下心去学习，一想到高考他就发怵，越想越紧张，看到书本上庞杂的各类重点内容他就头大，他不知道该从何处入手。他想浑浑噩噩地混到毕业就算了，可每当看到同学们那股不要命的拼搏劲儿时，他就感到很惭愧，于是又开始强迫自己也拼命学习。如此反复，他的内心矛盾极了。

王庆兵的反应又何尝不是我们大部分面临高考的学生朋友们都会有的表现呢? 只不过轻重不同罢了。升入高三,的确会发生很多意想不到的变化,这需要我们去适应,如果适应得好,那么我们就能平安地闯过高考这一关;如果适应得不好,我们所遭受的心理创伤将是很难轻易就愈合的。所以,与其我们坐着等待高考来折磨我们,还不如我们早早地作好准备去勇敢地迎接高考。

(1) **正确认识高考。** 高考的影响力是一般考试所无法匹敌的,但高考也绝对没有我们想象的那么不同凡响。就其试题的难易程度来说,其实高考和平常的考试并没有太大的差距,它的基础题占百分之四十,中档题占百分之四十,高难度的题仅仅占百分之二十,所以,我们不要将大量的心思都放在攻克高难度的题上,打好基础才是最关键的。因此,我们大可不必为那些偏、难、怪的题目大伤脑筋,完全可以从基础入手,制定一套适合自己的学习计划并认真执行,就可以游刃有余地挑战高考了。

(2) **劳逸结合很重要。** 高考既是知识的考验,也是对我们体力的一次考验,很多人在经历了一场高考之后身体素质会下降很多。究其原因,最主要的是我们不注意高考期间的劳逸结合,让身体超负荷地运转,最终累坏了。所以,在紧张的高考复习期间,我们一定要坚持锻炼身体,最好为自己制订一个切实可行的锻炼计划,让自己在繁重的学习之余能适时地锻炼身体,实现劳逸结合。

心理素质的高低决定成败

众所周知,考试是对个人掌握的知识与个人能力的综合考查,这就要求我们不仅要有扎实的基础知识,还必须有良好的心理素质。不知道有多少同学因为心理素质差而影响了在考场上的正常发挥——心理素质本身就是考试对考生能力的一个隐性要求,尤其是高考,它的目的是为高校选拔高水平、高素质的人才,能在高考中取胜,很多时候也是一种心理上的获胜。不同的人在高考中会表现出不同的心理素质。有的同学能够较好地把握自己,让内心处于松弛与紧张之间,大脑皮层保持适宜的兴奋度,这是高考的最佳心理状态;而有的同学则情绪过于激动,忐忑不安,总是患得患失,处于高度的紧张之中,从而影响水平的正常发挥;还有的同学抱着无所谓的态度,根本就没有进入考试状态,当然也不可能在考试中取得理想的成绩。所以,能否形成良好的心理素质、让自己处于最佳的考试状态,就成了影响考试成败的至关重要的因素。

张学华今年顺利地考入了国家某名牌大学,这令老师和家长都感到很意外,因为按平时的学习成绩来看,她顶多只能上个普通的本科院校,可是她居然跃进了重点线,而且在全校的排名中名列前茅。大家都说她运气好,对她既羡慕又嫉妒,很想知道她成功的秘诀。其实,在张学华看来,自己的成功并没有什么秘诀可言,主要跟她良好的心理素质有关。她平时学习很努力,基础扎实牢固,而且她从来都不像别的同学那样给自己施加太大的压力,她总会从紧张的学习中抽出时间来让自己充分放松、休息。每次摸底考试后,不管成绩如何,她总能保持良好的心态去面对,并在考完后对自己此前的学习和这次考试的得失进行全面的总结,总结出经验和教训,这样在下次考试中她就会特别注意。就这样,她逐渐形成了良好的心理素质,将良好的心态一直带到了高考考场上,游刃有余地通过了高考。归纳起来,张学华能够在高考考场上超常发挥,跟她平时练就的良好心理素质是分不开的。可以说,有坚实的基础知识作为后盾,再加上良好的心理素质,就是张华成功的法宝。

由此可见,拥有良好的心理素质对于我们青少年学生尤其是面临高考的毕业生来说是至关重要的。鉴于此,我们可以从这样几个方面来培养自己良好的心理素质:

首先,稳定的情绪很重要。我们之所以不具备良好的心理素质,多数时候是因为我们的情绪不稳定,喜怒哀乐总是大起大落,随着考试成绩的波动而患得患失,这样的情绪起伏落差严重影响了我们良好的心理素质的形成。所以,我们必须学会稳定自己的情绪。

其次,要有自信心。自信也是良好的心理素质必不可少的品质。如果我们在考场上缺乏自信,那么即便是会做的题目我们也不一定能将它做对。但如果我们有足够的自信,那就不一样了——即使是不会做的题,我们也能超常发挥,将其做出来。自信心在考试的临场发挥中起到了很大的作用。

最后,我们要全身心地投入到每一场考试当中。我们要充分利用平时的每一场考试来锻炼自己的临场能力和考场上的投入度。有时候,我们的考试会在陌生的环境里进行,这时如果我们不能马上适应周边的环境,快速地投入到考试当中去,很可能就会影响我们的心理,影响我们在考试时正常水平的发挥。因此,我们在平时应该注意这方面的训练,要将每一次考试都当成是高考的预演。这样,我们的心理素质就会逐渐提高。

不做高分低能人

枕着平常心入眠

作为一名学生,考试无疑是家常便饭,可是,我们中有很多同学却因为"吃"不惯而在身体上和心理上出现了各种各样的问题,其中,失眠就是这些问题中最为常见的。因为考试而焦虑得睡不着觉的情况已经成了很多学生面临的困扰。

赵现军是高二的学生,大约从初二开始,赵现军就对考试形成了一种心理障碍。每次临近考试,他都会感到十分紧张,尤其是到了晚上,他总是失眠,即使睡着了,也总会梦到考试,并常常被噩梦吓醒,睡眠质量很差。由于睡眠得不到保证,他白天总是无精打采的,很难全身心地投入到紧张的学习中,也很难在考场上保持正常的状态,最佳状态自然更是不敢奢望了。有好几次他都在考场上昏昏欲睡,就差直接趴在桌子上睡大觉了,很明显,他的生物钟被严重打乱了。

赵现军身上存在的问题其实就是考试焦虑性失眠。这种失眠并不是真正的失眠症,而是由于短时间内心理过度紧张而造成的,等考试过去后,这种失眠症状就会慢慢地减轻并不治而愈。所以这种失眠也是一种假性失眠,它的诱引就是考试,而最根本的原因还是我们自身的心理素质太差。在考试过程中,我们不能及时地调节自己的紧张心理,反而会变得越来越紧张,所以,要想根治这种假性失眠,我们还要从自身做起,从调整心态开始。

首先,不要对自己期望太高。 在考试前,有很多同学都会暗暗为自己定一个目标。在制订目标时,很多人都不能做到客观,往往会制订出过高的目标,这样也会给考试带来一定的紧张因素。要知道,期望越大,失望就越大。所以,我们在考前要为自己制订一个适宜的目标,甚至一个相对比较低的目标——往最坏处打算,朝最好处努力,这样我们的心理相对会放松一些,也就降低了出现焦虑性失眠的可能性。

其次,在白天适当地做一些锻炼。在考试前两天,我们就不要再争分夺秒地学习了,最好抽时间到周围公园里去晒晒太阳,做一些锻炼,让自己的身心在美景中得到彻底的放松。这样的调节是很有必要的,因为白天我们让心灵处于一种舒缓的状态,到了晚上自然就容易进入甜美的梦乡了。

最后,真的失眠了也不要怕。如果我们考前真的失眠了也不要紧张,因为一夜不睡觉并不会对第二天的考试造成太大的影响。只要在睡前做到不胡思乱想,即使失眠了我们的心灵也是清静的,这样的心境相当于佛家的坐禅,是另一种睡眠。再者,如果我们懂得了这个道理,也就不会因为总是睡不着而担心影响到第二天的考试了,这样我们也就不会因此而陷入恶性循环当中去,反而还能因为不紧张而慢慢地入睡。

82

为正常的考试反应而紧张

考前有一定的考试反应是很正常的，比如考前有一点儿紧张，食量减少，睡眠较浅等，这都是正常的考试反应。然而，我们大多数青少年和家长并不能正确地认识这一点，通常都会对此大惊小怪，认为考前出现这些问题是绝对不应该的，应当立刻予以彻底解决。如此一来，无形中加重了我们的心理负担——本来可以平稳地度过考试期，现在却因为对正常的考试反应过度紧张而无所适从。

张雅文最近就要参加期末考试了，她像大家一样投入到了紧张的考前复习当中。看到大家都很努力的样子，她从内心里感到紧张，但这并没有妨碍到她正常的学习。回到家后，由于急着赶时间复习，她根本意识不到饿，饭量明显减少了；早上她也不赖床了，总是早早就起来学习。看到女儿一系列的"反常"之举，妈妈很着急，认为女儿这是患上了考前综合征，必须得及时治疗才行。于是，妈妈就自作主张地找来了心理医生，想以此来缓解张雅文的心理压力。但事与愿违——张雅文本来并没有太大的压力，也没有为自己的正常考试反应而担心，可见到妈妈对此反应如此强烈，她开始为考试担心，怕考试考不好会遭到妈妈的数落，会让妈妈失望。她越想越紧张，等到真正考试的时候，她已经是典型的考试综合征重度患者。

张雅文患上考试综合征的一个重要原因是妈妈的反应和举动，如果不是受到妈妈及其举动的暗示提醒，她也不会对正常的考试反应产生恐惧，从而严重影响到考试。我们在很多时候也会犯和张雅文的妈妈一样的错误，错误地将正常的考试反应视为不正常的考试综合征，自己吓唬自己。因此，我们要提醒自己，尽量避免犯类似的错误。

（1）**不要将正常的考试反应和考试综合征混为一谈**。正常的考试反应都是一些轻微的考试反应，它就像我们吃酸的东西会皱眉、在天冷的时候会打寒战一样，都是一些正常的生理和心理反应，并不会对我们造成多大的恶劣影响。但是如果我们将它视为是考试综合征，而对它加以特别关注，那么我们就会受心理暗示的影响，认为自己的反应不正常，越来越紧张，越来越焦虑，结果反而会因此真的患上考试综合征。

（2）**加强心理调节**。正常的考试反应如果调节不好就有可能引发考试综合征，所以，对于正常的考试反应我们也应当加以必要的调节。如果在考前有一些紧张，我们可以暂时丢下手中的书本，想一些跟考试无关的事情，最好是想一些开心的事情，或者是听一些比较轻快的音乐，让自己的大脑放松、休息，这样，脑子就不会长时间处于疲劳状态，心态就总能保持最佳的状态了。

84

考前复习与临时抱佛脚

　　我们提倡考前的休息和放松，但绝不能以此为由就放弃考前的复习，因为这样不是放松，而是对考试的一种不负责任的放任自流的做法。也许大家会以为只要平时学会就行了，考前的复习只是临时抱佛脚，对考试并没有太大的帮助，这样想是错误的。平时的学习固然重要，但考前复习也有它的必要性和意义，我们不能够顾此失彼。

　　就拿高考来说吧，其实我们所有的课程在高三上半学期基本上就已经全部结束了，剩下的时间都是对整个高中阶段所学内容的复习和总结，如果真如我们想的那样，复习并没有多大的用处，那么我们岂不是在高三上学期结束后就可以参加高考了？以前所学到的知识需要我们来梳理、总结、沉淀，然后才能将书本上刻板的文字转化为我们能够吸收的知识营养，并为我们所用。因为我们以前所学的知识都是非常零散的，如果不加整理，就会变得微不足道，而且愈加杂乱无章，无法和相关的知识点联系起来，不能被我们吸收并应用，也就不能成为强大的知识后盾。如果我们对这些知识点进行整理，用一条线将其穿起来，再由一条条的知识线逐渐整理成一个知识面，这样我们的知识才能够发挥其强大的作用。这就像我们制造汽车一样，一部汽车是由很多的零件组成的，如果我们只拿着其中的任何一个零件，可能想象不到它的重大作用，但是通过组装，将其按照一定的原理和顺序组装成一部汽车后，我们就会见到它们的作用了——它们用单个而渺小的自身成就了一辆完整而庞大的汽车。而这个组装过程和高考前夕的复习过程有着相似的地方，没有组装的过程就没有汽车；同样，没有高考前的复习，也就没有整个中学阶段知识的沉淀和高考的胜利。

　　所以，考前我们要注意劳逸结合，在休息的同时切莫放松了对复习的要求。针对这一状况，我们可以从以下两个方面来做：

(1) **平时的学习和考前的复习各有侧重，二者要区分清楚。**有些同学不是不注重考前的复习，而是不会复习，他们往往会将考前复习和平时的学习混为一谈。复习的时候他们也像平时的学习一样，只知道看书做例题，而不知道将以前学过的内容进行全面总结，这样肯定不行。所以，我们要学会复习，将平时的学习和考前的复习分清楚，让复习真正起到巩固知识的作用。

(2) **可以在一个相对宽松的环境里通过回忆的方式来复习。**复习不一定非要看着书本才能进行，也不一定非要在教室里才可以，我们可以趁着放松心情的时候来个对书本知识的回忆，这样的效果要比我们紧张地坐在教室里死盯着书本复习要好得多。比如，在周末和家人一起到郊外呼吸新鲜空气的时候，我们可以对本周所学习的内容进行回忆，能想起来的内容说明我们已经掌握了，想不起来的表明我们还没学扎实，等回家后就必须仔细地对照书本多看几遍加深记忆。这样，我们又得到了放松，又做到了复习，一举两得，何乐而不为呢？

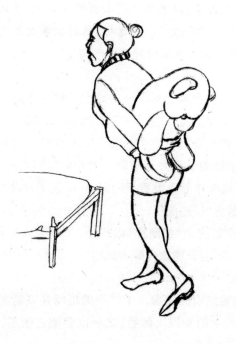

不做高分低能人

沉着应对"拦路虎"

　　张琳琅是高一的学生,这次期中考试她考得很差。根据她平时对知识的掌握情况来看,她不应该考出这么差的成绩,可事实就是事实,尤其是数学,原本是她的强项,从小学到初中,每次考试她的数学成绩都很好,可这次却很糟糕。过后,和父母一起总结这次考试的教训时,张琳琅说,其实数学试卷上的题都不太难,她之所以没考好是因为在一道难题上耽误了时间,也让自己的内心产生了紧张情绪,从而影响了她解答其他题。对于前边的题,张琳琅一直做得很顺利,当做到中间的时候,突然就被一道题给难住了,她换了好几种方法都解答不出来。这道题解答不出来,她就没心思去做下一道题了,时间一分一秒地过去,结果她还是未能解答出来,等她考虑放弃的时候,后边的题已经没有时间再做了。就这样,她的数学破天荒地考得很差,其他几门功课也都因类似的情况而考得并不理想。

　　其实,在考试中遇到解答不出来的难题是很正常的,这是题目设置的必要。因为考试不仅考查我们对基础知识的掌握,也考查我们对知识的综合运用,所以就设置难题让我们将所学的几个知识点综合起来解答它。但是,我们中有很多人对难题的认识并不清晰,当我们遇到难题的时候也不会正确地对待它,结果不仅在难题上浪费了时间,还耽误了对其他题的解答。所以,我们都习惯称难题为"拦路虎"。

　　之所以会被难题这个"拦路虎"给拦住,是因为我们还没有掌握考试的技巧,不懂得取舍,不会合理地分配考试时间。因此,我们有必要从以下几个方面加以改善:

　　首先,平时注意知识的拔高。考试中的难题并不是无法解答的,我们完全可以运用平时所学的知识去解答,之所以会被它迷惑,并被它难住,一个关键的因素是我们平时对难题的训练太少。我们平时只注意基础知识的掌握,而忽视了对知识的拔高,也很少钻研一些难题的解题技巧,所以才会在碰到难题的时候乱了阵脚。可见,平时注意知识的拔高还是很有必要的。

其次,考试时的解题顺序应先易后难。考试时,难题的数量及分值占总体的比例较小,所以,我们要把握好做题的速度,做到先易后难,不要在一道难题上浪费太多的时间,否则不仅会影响解答其他题的速度和正确率,也会给自己的心理带来不必要的压力,影响正常水平的发挥。

最后,合理地分配考试时间。考试时间是有限的,一般都是两个小时,尤其是高中试卷,题量大,时间紧。这时候,如果我们不能合理地分配考试时间,在每一道题上均衡地分配时间,那么我们的做题速度就会很慢,到最后就会有做不完的危险。因此,我们一定要注意合理地安排考试时间,在平时多进行限时训练,以提高答题速度。

答题的准确率的困惑

考试成绩出来后，我们经常能听到同学发出这样的疑问："这道题我明明会做，可怎么就做错了呢？""我觉得自己这次发挥得不错啊，怎么考得这么差呢？"类似的答题时准确率不高的困惑几乎在每次考试成绩出来后我们都能够听到，甚至在我们自己身上也时常发生。其实，有这样的困惑实属正常，至于原因则是多方面的。比如，我们由于在考场上心理紧张将会做的题给做错是很常见的事情；为了追求速度和节约时间，在做完一道题时没仔细检查导致错误出现也是有可能的；轻视简单的题，没有经过仔细思考就按定式思维或照以前的解题思路去做而出错也是时常发生的。

李丹阳是高二的学生，他在班里是出了名的"马大哈"，每次考试都会因为马虎而错误百出。比如这次的数学考试，他的试卷上又被老师打了很多叉，看着自己卷子上那些被老师打叉的题目，李丹阳马上就想到了正确的答案，可是，在考场上他怎么就错了呢？这跟他不良的学习习惯有很大的关系——他平时做作业就毛毛躁躁的，为了能多玩一会儿，每次做作业的速度总是班里最快的，做完后他觉得自己"完成任务"了，从来都不检查，等第二天作业本发下来一看，上面通常都会被老师批改成红红的一片。但这并没有引起他足够的重视，他在考试的时候也像做作业时一样，全班就数他答题速度最快，交卷最早；题目的解答总是怎么简单怎么来，比如历史上的名词解释，他通常都用一句话来概括；数学上的计算题，他总是省略掉中间的必要的步骤，甚至只写一个答案；英语和语文就更别提了，后边的作文他写的字数总是达不到规定的要求。如此一来，他每次考试的成绩都很低。

可见，要想在考试中取得好成绩，我们就必须想尽办法提高自己答题的准确率。我们可以从以下两个方面入手来解决这一问题：

（1）**做题时要认真、仔细**。不管是平时做作业还是考试时答试卷，我们都要养成认真、仔细的好习惯，力求把会做的题做得全面、完整，不放过一个小步骤，不要为了追求速度而忽视了质量——要知道，建立在质量之上的速度才是真正的速度，如果我们用别人做一道题的时间做了十道题，结果十道题全错了，而别人做一道题却做得非常正确，那我们的速度再快又有什么用？所以，在做题的时候要先做到认真、仔细，在保证正确率的基础上提高做题速度。

（2）**养成检查的好习惯**。很多同学在做作业和考试的时候都不习惯检查，总是以为做完就万事大吉了，结果有很多错误都在我们的眼皮子底下溜过。有时候，我们做题时可能感觉不到有什么不对之处，可是等我们最后再回过头来检查时却往往一眼就能看出错误。所以，做完题后进行检查是必不可少的一个步骤，我们千万不能忽略它，一定要养成检查的好习惯。

不做高分低能人

你考试作弊吗

我们国家采取的考试形式通常都是闭卷考试，而且还有专门的监考老师来监督，其目的是希望通过考试来了解我们青少年学习的真实情况，检验我们的真实水平。有很多人对监考的必要性提出了异议。有些人认为监考很有必要，而有些人则认为监考是对青少年的诚实性和自制性的不信任。双方各执己见、互不相让，他们争论的焦点就是青少年是否会在考试中作弊的问题。那么，究竟青少年会不会在考试中作弊呢？答案是肯定的，在考场上的确有人存在作弊心理和作弊行为。

说起考场作弊，大家都不会陌生，尽管我们自己可能没有过此类行为，但是我们总会听说过某某某因考试作弊而被通报批评，我们也可能曾亲眼目睹过身边某个同学有作弊行为。这种行为之所以会存在，主要还是因为我们错误的考试心理造成的——我们认识不到考试的考查目的，反而将考试的结果看得很重。其中就包括有一少部分为了得高分而存在侥幸心理的人，他们一方面追求高分，可是自身又不愿刻苦学习、努力拼搏，一门心思地想在考场上投机取巧，将考场作弊作为取得高分的捷径，所以这种学生的诚实性和自制性也是非常值得怀疑的。从这个角度来看，考场设置监考人员是完全有必要的。如果没有监考人员，就会纵容这一部分人，使他们一直都不知道该如何正确地面对考试，这实际上是对他们的一种伤害。当作弊成为一种习惯后，将会给我们以后的人生带来严重的负面影响，所以，我们必须杜绝这种考场上的作弊行为。要做到这一点，我们可以从以下两方面做起：

(1) 在平时养成独立完成作业的好习惯。我们之所以会有作弊心理，跟我们平时的学习态度有关。在平常做作业的时候，我们就对同学这一"活参考答案"形成了一种依赖心理，遇见不会做的题往往不动脑思考，而是借同学的作业本抄完了事；对于那些附有参考答案的练习题，我们干脆就看着答案做。这样的习惯很不好，给我们的学习带来很大的障碍，一旦这些可以借鉴的因素都不存在了，我们就有些不知所措；考试的时候更是如此，所以就有同学将希望寄托在作弊上。因此，我们在平时养成独立完成作业的好习惯对于克服作弊心理是很有帮助的。

(2) **认清考试作弊的危害性。**千万别小看了作弊行为，它的危害性非常大。作弊本身就是一种欺骗行为，刚开始时，我们可能是偷偷摸摸地进行，然而，一旦我们有一两次得逞，从中尝到了甜头，我们就会一发而不可收，开始想尽各种办法来顺利完成作弊行为。在这个过程中，我们已经没有了所谓的羞耻心理和自责心理，对自己所做的一切都会感到心安理得。这和犯罪心理很相似。我们都将错误的行为当成正确的，久而久之，这种在学习上弄虚作假的行为就会形成一种习惯，从而影响我们的生活，最终可能会诱引我们走上犯罪道路。

92

"借分"之风盛行

如今的校园里流行着这样一个词，"借分"。究竟什么是"借分"呢？所谓借分，是指考试不理想的学生为了让自己有一个面子上过得去的成绩以便不受家长的责罚和同学的嘲笑，私下里和老师形成约定，从老师那里借得一定的分数，让自己原本不太出色的成绩变得令自己和别人都满意；并和老师约定好，等下一次考试时将这些分数"连本带利"还回来，这次借了多少分，下一次加上"利息"就得多考多少分。"借分"之风不知道从什么时候开始兴起的，到目前为止，已经在很多校园里盛行，成了一种引发种种争议的"时髦"行为和话题。很多学校已经开始对"借分"予以重视，将其当成一种激励学生学习和进步的措施。对此，社会上展开了广泛的争论，争论方明显分为两派，各持正反两种观点。他们各说各的道理，谁也推翻不了谁，谁也说服不了谁。所以，对于"借分"，我们还是一分为二地来看比较好。

李丽就读于某中学的初二学生。上次数学考试她考了89分，按说已经不少了，可是她平时都考90分以上的，这让她的自尊心受到不小的打击，她很难过。为了自我安慰，她私下里向数学老师借了2分，并向老师保证自己一定会努力学习，改掉以往粗心的毛病，在下一次考试中把分数给还清。结果在接下来的一次数学测验中，她如愿以偿，取得了93分的好成绩，不仅将上次借的2分给还清了，更重要的是她从中体验到了成功的快乐。

张政军是某高中一年级的学生。期中考试成绩出来以后，他发现自己的英语成绩不是很理想，为了不影响自己的总体成绩，就向英语老师借了10分，并和老师约好，等期末考试的时候将这些分数都还给老师。这样，张政军期中考试时的成绩依然在班里很优异，而且那10分保住了他在班里排名前五的位置。可是，他毕竟向老师借了10分——要想在短期内将英语成绩提高

10分是非常不容易的。因此,张政军就刻意地在英语上多花了很多时间。每天一想到自己那10分的"债"他就头疼,可是没办法啊,他只好硬着头皮去学习以便"还债"。如此一来,他的心理负担越来越重,不仅没有时间去复习其他学科,就连英语他也学不下去了,最后发展到一看见英语就头疼的地步。

　　以上是两个"借分"结果大相径庭的例子,正好反映出"借分"的利和弊。和很多事物一样,也许"借分"本身并无好坏之别,但我们将它利用的好坏不同所形成的结果也就不同,也就产生了利与弊。当我们好好利用它时,它就会对我们的学习起到激励的作用,而且还能够增强我们的信誉度,因为我们和老师之间的"借贷关系"本身就是建立在信任的基础上的——如果老师不相信我们,不愿意将分数借给我们,或者我们自己不讲信用,在第二次考试的时候没有及时地将借得的分数还给老师,这样都会对培养我们的诚信造成不利的影响。相反,如果我们利用不好"借分"这种方式,那么我们很可能会因为自己所欠下的分数债而背上沉重的思想包袱,让我们的学习陷入痛苦之中,让我们的思想一直处于紧张当中,严重阻碍了我们的学习进步。所以,我们在全面认识"借分"的同时,也要正确地利用好它,让它成为激励我们前进的动力。

94

高分与低能

　　尽管我们国家的教育早已开始向素质教育转变，但应试教育及其影响在短时间内还不会消失，最突出的表现就是高分低能的现象还依然严重。现在，我们很多学生只知道追求高分数，唯"分"是图，却忽视了其他各种素质的培养，忽视了个人修养的提高，把自己当成了一个机械地接受知识、消化知识的机器，其他跟学习无关的事情都被我们看成是闲事甚至邪门歪道，以影响学习的名义将其丢弃得远远的。这样一来，除了死读书和高分数，我们在其他各方面的能力都没有什么发展，尽管学习成绩可能很好，但实际上我们已经成了一个高分低能的人。

　　李国强今年刚刚升入某重点高中——就读于这所高中的人将来十有八九都能考入国内名牌大学，所以周围的同学都很羡慕李国强，他自己也感到很高兴，这可是他初中三年拼搏的结果呢。不过，高中要求所有的学生都住校，这让李国强犯了难，要知道，他平时在家里除了学习可是什么都没有干过，就连自己的袜子、内衣都是妈妈给洗的。这所学校实行全封闭管理，只有周末才可以回家，这让李国强痛苦不堪，课本知识的学习自然没多大的问题，其他的问题却一大堆，搞得他焦头烂额，他不知道该如何打理自己的生活。每天早上起床，他不知道叠被子，也不会叠，常常因此而影响了全宿舍的卫生量化分，为此总是被舍友埋怨，这让他很郁闷。他吃不惯学校餐厅里的饭菜，总想着妈妈给做的好吃的，所以每顿饭都吃得很少，这对正在长身体的他来说是非常不利的，以至于他经常在上课的时候感到头晕。他以前基本没有参加过什么体育锻炼，体质很差，体育课也只是拼尽全力才会勉强及格。至于特长，他就更没有了。他基本上不听音乐，不了解圆舞曲之父老约翰·施特劳斯，也不知道钢琴王子李云迪；他不喜欢绘画，不知道毕加索和萨尔多瓦·达利,也不晓得张大千和徐悲鸿;他更不喜欢各种棋类项目。

我们可以设想一下李国强的未来:依他的学习成绩,将来考上名牌大学可能没问题,但问题在于像他这样只会学习的人将来如何走向社会?即使他的知识再渊博,如果不能将它们应用到实践当中去,那又有什么用?因此,与其这样,我们还不如从现在就开始着眼于各种能力的培养,和学习同步进行,也就不至于出现高分低能的结果了。

(1) **不要将成绩当成一切**。在我们这个年龄,不能正确地看待学习成绩是很正常的。因此,我们可以先纠正自己的错误心理,不要把成绩当成一切。成绩并不是我们生活的全部,它只是其中的一小部分,除了学习书本知识和取得好成绩之外,我们还应该有很多其他有意义的事要做,比如体育运动、家务劳动、团结同学、关爱他人等,如果缺少了这些,我们的生活是不健康的,我们的人生最终也将会出现问题。

(2) **注意培养自己各方面的素质**。为了能多腾出点儿时间学习,我们把所有可以利用的时间都用到了学习上,这会让我们其他方面的素质严重不足。比如我们没有自己的特长,我们在体育课上不能够顺利达标,我们在手工课上得了零分……这样,即使我们的学习成绩很高,也不能够弥补我们在其他方面的不足。所以,我们在平时一定要兼顾各方面素质的培养,全面提高自己的素质。

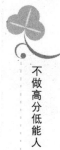

第四章

青涩的果子摘不得

——青少年青春期心理教育

在五彩纷呈的花季雨季中，青春突如其来。伴随着生理上的急剧变化，青少年的自我意识、性意识慢慢觉醒，青少年开始懵懵懂懂地接触暧昧的感情，于是便有了各种诱惑、苦恼，也便有了嫉妒、恋师、早恋等种种青春期特有的心理。青涩的果子摘不得——掌握青春期心理，了解青少年在青春期的心理误区、心理矛盾、情绪特点等，有利于青少年更好地把握自己青涩的情感，而不致"一失足成千古恨"。

青春期突如其来

　　很多家长都有这样的困惑：自从升入初二以后，孩子就像换了个人似的，各方面都突然出现明显的变化，即使以前非常乖巧听话，到这时也会变得像小刺猬一样，很难管教。有关人士将这种现象称为"初二现象"。说明这一现象具有一定的普遍性、广泛性和必然性。为什么会出现这种现象呢？这和少男少女的发育有很大的关系。有资料表明，进入初二以后，男孩和女孩大都出现了第二性征，并且女孩大都来了月经，而男孩也开始在梦境里出现遗精现象。这其实是青春期的标志，它宣告青少年朋友们已经进入了青春期。

　　青春期是每个人成长的必经之路，它的到来让我们向成人又迈进了一步，我们就像小毛毛虫蜕变成美丽的蝴蝶一样，从此开始五彩纷呈的生活。可是，这条蜕变之路并不像我们想象的那样容易、简单、一帆风顺，它是充满荆棘的。就像蝴蝶破茧而出时还要经历阵痛一样，我们在青春期也会遇到种种困惑，如果处理不好，想要平安顺利地度过青春期是很难的。

　　下面是我们青少年最常见的青春期心理困扰：

　　首先，初潮和遗精让我们措手不及。因为很多同学对青春期并没有明确的认识，缺乏有关方面的知识，并不知道生理上的一些反应跟进入青春期有关，所以当女孩初潮、男孩第一次遗精时，他们通常没有足够的心理准备和科学的认识，以至于不知所措。他们并不知道这是正常的生理现象，相反，他们因此而感到担心、苦恼，甚至有不少同学以为自己得了什么不治之症。有一个女孩子在日记里这样写道："我今天流了很多很多的血，我是不是得了什么大病，快要死了？真是太可怕了！我好害怕！可是我该怎么办呢？"其实，我们青少年群体有类似的不正常的想法是很普遍的现象。所以，我们在青春期到来之前提前做好预防是非常必要的。我们可以多看一些生理卫生方面

的书,全面认识青春期以及人体发育的各个阶段及其特征,这样,到时候我们就不会无所适从了。

其次,过于敏感加重了我们的痛苦。青春期到来后,每个月的"例假"让女孩子很痛苦。很多女生会认为这是一种折磨,却又改变不了什么,所以就会从心理上对其产生厌恶感,不希望月经出现,每当快来的时候就会从心理上产生一种紧张感,而等到真正来潮时,就会因为过度紧张而加重对月经的反应——会感到疼痛难忍,即促使痛经形成。这种痛经通常是心理性痛经,它会随着我们的心理紧张程度的增加而增加,所以我们要想减轻生理上的痛苦就必须从心理上放松。合理地调节自己的生活节奏,避免过多的精神刺激,平时多加强体育锻炼,让自己的生理和心理都处于平稳的状态。这样就会降低我们对月经的敏感性,从而减轻我们的痛苦。

最后,第二性征让我们苦不堪言。少男少女的第二性征由于出现得太过突然,让很多同学一时无法接受,最明显的就是男同学的变声。到了青春期,男同学那原本清脆的声音似乎在一夜之间开始变得沙哑、浑厚。男孩自己可能还没有什么特别的感觉,但听众的感受就不一样了,他们会觉得很不适应,尤其是一些女同学通常会以此来嘲笑男生,认为他们说话像鸭子叫一样难听。在遭到女孩的一番嘲弄之后,男孩就会感到有些羞怯,有的男孩甚至会因此而逐渐形成自卑心理,严重影响了身心的健康。因此,我们要学会正视出现在自己身上的第二性征,将它看成是自己成长的标志,为自己步入青春期感到骄傲,这样我们才能够在青春期拥有健康的身心。

对自身的发育心存芥蒂

　　林初晓是名初二的学生，最近他发现自己的嘴巴周围开始长出一圈毛茸茸的东西，使得原本白净的脸看起来怪怪的。他很不喜欢这一变化，经常对着镜子看那些越长越长的黑绒毛，感到越来越痛苦。正上着课时，他经常会下意识地去摸自己的下巴，摸着那毛烘烘的东西，就感到很沮丧，顿时没有了听课的心思。更令他郁闷的是，自己的声音也越来越奇怪了。有一次上语文课，老师提问他，结果他一出声，全班同学都笑了，连他自己都觉得那不是人的声音，活脱脱就是鸭子在叫！从此以后，他就羞于说话了，如果不是上课老师提问时迫不得已，他平常在班里很少说话。以前活泼好动的他现在明显安静了很多，这对他来说并不是什么好事，因为他每天都过得闷闷不乐。他时时为自己的胡子郁闷，为自己的声音郁闷，以致都不能专心学习。

　　步入青春期后，我们青少年身上会有很多明显的变化，最突出的就是生理上的变化了。可是，我们很多人都没有这方面的心理准备，所以，当有一天自己的身体上忽然发生重大变化时，我们往往会心生恐惧，甚至从心底对自身的变化产生厌恶感。女同学往往会想尽办法掩饰自己身体上的变化，而男同学则通常故意表现出一副无奈的样子。显而易见，我们对自身的发育存在着心理障碍，如果不消除这种心理障碍，将不利于我们身心的健康成长。那么，我们应该如何来消除内心对自己身体发育存在的心理障碍呢？

　　首先，我们要对青春期有正确的认识。我们之所以会对自己生理上的变化感到恐慌和厌恶，就是因为我们对青春期缺乏正确的认识，没有从心理上提前作好准备，不知道此时在生理和心理上的变化都是正常现象，也就不会将生理上的变化视为自己成长的标志，更不会为自己的成长感到高兴，反而因为自己不正确的思想而产生不必要的苦恼。

　　其次，不要过分在意自身的变化。清楚了青春期生理上的必然变化，那么我们就不会再对自身的变化过分在意了，而是会当做什么事情都没有发生，顺其自然，正常地去学习和生活。如果我们过分在意自己身上每天的变化，今天拿个镜子看看自己的胡子长了多长，明天听听自己的嗓音变好了没有，这势必会影响我们的学习和心情，而且还会给我们的心理带来很大的影响。

　　最后，为自己找一本青春期读物。我们在青春期通常会有一些稀奇古怪的想法，会将自身的正常成长看成是生病，自己吓唬自己。这主要还是因为我们的知识面太狭窄，没有借助于有关书籍对身体方面的知识有个全面的认识和了解。所以，在青春期有一本指导书籍是很有必要的，以便我们从中查找关于自身在生理上和心理上的各种问题的答案。做到有据可查，我们自然也就不会有什么问题郁闷在心了，这样对我们的健康成长是有很大帮助的。

青涩的果子摘不得

多事的花季雨季

　　我们习惯于将十六岁说成是花季，将十七岁说成是雨季。因此，进入青春期后，我们实际上也迎来了生命中的花季和雨季。众所周知，花季和雨季是一个人生命中最绚丽多姿的季节，它既不像小学生所处的那个生命的萌芽阶段那样简单寂寞，也不像成人所处的那个生命的旺盛期那样纷繁复杂，而是有着它独特的魅力，让我们在经历了花季和雨季的洗礼后，能够更好地面对人生、适应人生。因此，花季雨季是我们生命中的黄金时期，它对我们的人生有着至关重要的作用。然而，在这个季节里，我们的身上会出现很多前所未有的变化，这让我们一时之间很难适应。如果我们不能很好地调整自己，不接受一些正确的引导，花季雨季很有可能就会变成我们生命中的多事之秋，成为我们成长之路上的低谷期。

　　刘鹏是名高一的学生，本性开朗的他最近明显沉默了很多，看起来好像每天都很苦恼的样子。究其原因，原来，他前不久刚偷偷看了一部言情小说，小说中男女主人公之间的亲昵动作和话语深深地吸引了他，他从来都没有过如此兴奋的感觉。他花了好几个晚上总算将小说给看完了，本以为自己可以就此放下，能好好地学习了，谁知非但没有放下，反而还深深陷入小说所描写的故事情节中去了，甚至连晚上的梦境都有着和小说中相类似的情节。他梦见自己成了小说中的男主人公，而自己班里的一位女同学则成为其中的女主人公，他们俩也像小说中那样谈起了恋爱，说那些亲昵的话，做那些亲昵的动作。他为此非常痛苦，觉得自己很龌龊，竟然会想那种事情。更要命的是，他觉得自己的想法被父母和同学看穿了，这让他无地自容，以至于他都不敢见人了，见着人总是躲着走，好像自己真做了什么见不得人的事情似的。

　　显而易见,刘鹏是在青春期里出了心理问题。至于原因则是多方面的,在这里我们总结了两个比较常见的原因:

　　(1) 不注意青春期心理卫生。我们大多数人并不是很关注自己生命发展的各个阶段,普遍认为只要拥有一个健康的身体、做好自己该做的事情就行了,没有必要对自己成长的各个阶段特别关注。其实,生命的每一个阶段都有其特征和各自存在的问题,如果我们不能正视其特征、解决好各个阶段存在的问题,我们在人生某一个阶段里出现某些心理问题就是必然的。所以,我们一定要注意青春期的心理卫生,多看一些有关的书籍,咨询一些有关的专家,及时地解决我们在心理上存在的问题。

　　(2) 错误地将自己的反常之举当成正常行为。其实,青春期出现反常举止是比较普遍的现象,比如对异性的特殊感觉,甚至早恋等。如果我们能够在反常举止出现的初期就予以调节和纠正,那么我们很快就会步入成长的正轨之中。可是,如果我们没有对自己的反常之举予以足够的重视,而错误地将它视为正常反应,纵容自己对异性不成熟的感情,让早恋影响自己的学习,到那时我们再想采取措施来补救就显得太迟了。所以,我们在青春期要注意自己各方面的反应,不要让自己误入歧途。

青涩的果子摘不得

过分注重外在美

我们进入青春期后，会发现一个很普遍的现象——自己和身边的少男少女朋友们开始关注起自己的形象来了。女孩子在家里每天停留在镜子面前的时间慢慢长了起来；这还不说，上学时还会在兜里揣上一面小镜子，时不时地拿出来照两下；身上的衣服从颜色到款式也都有了很大的变化，用花枝招展来形容·点儿也不过分。男同学虽然不像女生那样过分地注意外表，可也不是没有变化，他们也开始注意风度，不是每天变换自己的发型，就是穿一些比较流行时尚的衣服，跟以前傻傻的小男生比起来大不一样，多少有些"鸟枪换炮"的感觉。

张丹宁今年刚满十六岁，从外表上就可以看出她是一个热衷于追逐时尚潮流的少女。看吧，她的衣裤是当下最流行的颜色和款式，鞋子也是当红明星代言的品牌。从她身上完全可以看出时下的流行趋势，只要她在校园里出现，立即就会成为焦点，可以说，她引领了学校的着装潮流，周围很多女生都暗中模仿她的样子打扮自己。张丹宁从来都没有停止过对美的追求。其实，她长得挺秀气的，然而她对自己的长相却并不满意，每天都照着镜子对自己的长相"横挑鼻子竖挑眼"，不是嫌自己的鼻子太塌，就是嫌自己的嘴巴太大。为此，她总是埋怨妈妈没有给她一张好看的脸蛋，还老缠着妈妈带她去做整形手术。她的小镜子从来都没有离开过口袋，走在路上她要掏出来照照，课堂上她也会趁老师不注意瞄两眼，甚至连上厕所的工夫她也不放过。如果哪天换衣服将小镜子给落家里了，张丹宁这一天都会心神不宁的。张丹宁的行为严重影响了其学业，她的心思根本就不在学习上，所以她的成绩总是很糟糕，每次考试她都会拖班级的后腿。

注重外表固然好,因为一个不修边幅的人是很难受人欢迎的,但物极必反,如果过分注重外表,那就不好了。像张丹宁这样走了极端,势必会给自己的学习和生活带来很大的负面影响。所以,我们一定要把握好自己,调整好自己的心态,不要让自己陷入一些不必要的痛苦和麻烦之中。

(1) **正确认识外在形象。**世界上没有两片完全相同的树叶,万事万物都自有其独特之处。在这个世界上,每个人都是独一无二的,每个人都有自己独特的外貌,即使双胞胎也不可能长得一点儿分别都没有。所以,外貌没有美丑之分,任何一个人的外貌都有其自身的特点和独特的美。试想,如果我们周围的人都是千人一面,根本就分不清楚谁是谁,那该多可怕啊!因此,不管我们有什么样的外貌,我们都应该觉得我们就是最好的。

(2) **分清学习和外表之间的轻重缓急。**我们过分地追求外表,将学习放在次要的位置上,以致忽视了学习,这样错误的出发点必然导致错误的结果。对外表的过分追求只是一种虚荣,我们只会在这个过程中感到越来越空虚,因为我们没有科学、系统的知识来武装自己的头脑,所以我们会显得很无知,即使外表再漂亮,也只是个美好的摆设而已,跟一个不实用的花瓶并没有什么区别。因此,作为学生,我们必须将学习放在第一位,"腹有诗书气自华",有知识的人才是最美丽的。

106

经受不住形形色色的诱惑

正处于青春期的我们对世界充满了好奇，再加上我们自身的各种不稳定因素，让我们的青春期变得光怪陆离。当然，这并不是说我们能够在青春期合理地安排自己的学习和生活，让我们的生活变得五彩斑斓，而是指我们会在青春期时出现一些特有的不正常的现象。比如，我们对影视明星的盲目崇拜，受影视作品中或者社会上一些歪风邪气的影响而在学校里拉帮结伙，在语言、动作上故意耍帅、装酷，并以此来吸引更多人关注的目光；有时候也会故作深沉，以便证明自己的成熟。这些发生在我们这个年龄段的现象都是很不正常的"正常现象"，之所以会这样，归根结底还是因为稚嫩的我们经受不住社会上各种事物的诱惑。

王生强是高一的学生，不知道从什么时候起，他开始学着电视上黑帮老大的样子在自己的班级中搞起了帮派，欺负那些不听他们"管教"的同学。后来他还将这个帮派的范围逐渐扩大到了全校，成员也由原来的几个发展到了几十个。他们经常聚众闹事、打架斗殴，在学校及其周边地区造成了极为恶劣的影响，同学们只要听到他们的名字就会胆战心惊。学校有关领导得知消息后正要对他们进行严惩，不料，王生强在此前一个偶然的机会结识了社会上的一个小混混，并在其诱惑下染上了毒瘾，他那个帮派里的几十个学生也都先后染上了毒瘾。结果，他们在一次校外聚会活动中因吸毒而被警察抓捕，被遣送到戒毒所进行强制戒毒。他们花儿一样的年华就这样被自己亲手葬送了。能怪谁呢？恐怕最应该怪的还是他们自己。

目前，像王生强他们那样误入歧途的青少年大有人在，都是因为经受不住各种各样的诱惑而在青春期里出现了差错。因此，我们要想让自己不受伤害，就必须学会抵制诱惑。我们可以从以下这两个方面来做：

（1）**学会取舍**。对于一些新鲜事物，我们应当采取批判的接受的方式来区别对待。我们要做到"取其精华，弃其糟粕"，学会取舍，不能把所有的东西一股脑儿地拿来，也不能对事情持完全否定的态度，任何事情都有它的可取之处，我们应只取其精华的那一部分，而果断地丢弃其消极的部分。比如，看电视的时候，我们可以从中学习人与人之间怎样交往，学习主人公克服困难的勇气和决心，而对其中一些低俗的东西则大可一笑而过。

（2）**远离"污染源"**。俗话说："近朱者赤，近墨者黑。"尽管这句话说的有些绝对，但却非常有道理。周围的人和环境对一个人的影响很大，更别说我们这些心智尚未成熟的青少年了。所以，我们在日常生活中最好远离那些容易带给我们不良影响的事物，比如网络游戏、不良书刊等，让自己远离"污染源"，受其毒害自然也就无从说起。

青涩的果子摘不得

骚扰让人苦不堪言

文静今年刚读高一，虽然只有十六岁，却已经出落得亭亭玉立了。班里有很多男生都暗自对她怀有好感，但文静并不知晓，因为她毕竟还是一个天真无知的女生，并不懂得感情方面的事情，仍然每天都无忧无虑的。可是，自从他们班新调来一个班主任后，文静的生活就变了。那是高一上半学期快要结束的时候，由于原来的班主任请了病假回去休养，学校便将一个刚刚大学毕业的年轻男老师调到文静班里做班主任。新班主任刚来两天就对文静有了不轨之心，总是有事没事地就将文静叫到他的办公室。刚开始还只是和文静说一些学习上的事情，可是慢慢地他的话题开始转变了，转向了他的大学生活和初恋上。他告诉文静说，她很像自己的初恋女友，但他知道她们两个人是不同的，所以自从看见文静的第一眼起他就喜欢上了她，他没办法控制自己的感情。听了新班主任的话，文静不知所措，匆忙跑出了办公室。后来，新班主任的行为更加过分了，他不仅隔三差五地找文静闲聊，还开始对文静动手动脚的。文静很痛苦，但又不敢告诉其他同学，怕被嘲笑。后来，活泼的文静变得沉默寡言，整天愁眉紧锁，没有心思学习。

实际上，新班主任老师是在对文静进行骚扰，而文静本人却对此认识得不够透彻，更不知道该如何解决，她的忍气吞声只会刺激新班主任对她的骚扰行为变本加厉。进入青春期以后，我们的身体有了明显的发育，虽说心智上还远远不够成熟，可是从外貌上看，绝对可以称得上是大人了。于是，就有一些人对我们别有企图，而我们心智上的不成熟导致我们对很多事情都不了解，很容易上钩，而且当他们对我们做出不轨的举动后，我们又不敢声张，从而给自己的身心带来严重的创伤。因此，我们必须学会保护自己：

(1) 我们要敢于对骚扰说"不"。当我们发觉某人的行为已经构成了对我们的骚扰——不管是生理上的，还是心理上的——我们都要勇敢地去戳穿他，揭发他，警告他，而不要为了面子或怕受到别人的嘲笑就忍气吞声，不敢反抗。否则，我们的懦弱只会更加纵容那些坏人。所以，面对骚扰，我们一定要勇敢地反抗。

（2）**用法律武器来保护自己。** 如果对坏人采取警告措施后，他们依然不罢手，我们千万不能认为没有办法惩治他们而只好听之任之，甚至打算破罐子破摔：别忘了还有法律这个武器可供我们使用呢。我们完全可以将那些坏人送上法庭，让法律来制裁他们。因此，我们要学会用法律来捍卫自己！

嫉妒让我们备受折磨

　　嫉妒情结是我们在青春期都会有的情结，其实它就是一种非常强烈地想得到别人所拥有的东西的欲望，但这种欲望通常都得不到满足，而我们又不能通过努力对自己的欲望加以控制，只能任由其不断膨胀。因此，一旦嫉妒心理产生而我们又无法控制的话，就只会放任其发展得越来越厉害，让我们备受折磨，很容易导致心理扭曲，最后畸形发展。

　　石海丽是初三学生，似乎天生嫉妒心就很强。小时候，因为喜欢其他小朋友的东西，她经常肆无忌惮地抢夺，甚至对不愿"献出宝贝"的小朋友大打出手。父母以为她只是小孩子心性，闹着玩的，也就没太在意。可是，等到上了初中以后，她的这种不正常的心理逐渐转化为嫉妒心理。她见不得同学比她优秀，虽然她的学习成绩非常好，却不能容忍其他同学成绩比她好，只要谁的成绩和她的成绩差不多或者相同，她就心里很不爽，整天冷嘲热讽，恨不得"吃"了人家，更别提对那些成绩超过她的同学了。尤其是对女同学，她的嫉妒心表现得更明显——她见不得其他女生穿漂亮的衣服，除非她自己的衣服比人家的更新颖漂亮，否则她一定会找很多机会去讽刺人家；她容不得谁的发型比她的好看，否则用不了多长时间她就会找机会将人家的头发弄得乱糟糟的。不仅如此，她还在自己的日记本里罗列了"十大死敌"，这些同学都是平时在很多方面超过她的人，她总是千方百计找这十个人的碴儿。石海丽的这种心理严重影响了她的学业，让她很难集中精力去学习。她整天都想着如何去"消灭"自己的"死敌"，发展到后来，她的精神好像也出现了问题，她不能看到那些她嫉妒的对象，一看见，她就会冲上前对人家大喊大叫甚至出手打人。

显而易见,石海丽被自己的嫉妒心理给害了。事实上,反观自身,我们就会发现自己也有嫉妒情结,身上也有石海丽的影子,只不过我们的嫉妒心通常表现得比较轻微,不会带来太大的伤害罢了。但是,嫉妒心的存在会对我们造成不好的影响,这是无法否认的。所以,我们必须消除嫉妒情结,让我们拥有健康的心理。对此,我们可以尝试这样做:

(1) 学会赞赏别人。当别人在某方面比我们强时,我们不要总以为别人是在故意针对我们,抢我们的风头,而应该学会赞赏别人,学会为别人喝彩。俗话说:"山外有山,人外有人。"即使我们再优秀,这世上也总会有人比我们更出色,所以,我们不能苛求别人处处居于我们之下。我们要在容忍别人缺点的同时,也学会懂得欣赏别人的优点、长处。在别人成功时,为其送上我们真诚的掌声而非嫉妒的腹诽——争做红花的精神固然可嘉,甘当绿叶的气量更值得佩服。

(2) 让嫉妒转化成我们奋进的动力。即使嫉妒心理产生了,我们也不要太惊慌。毕竟嫉妒是每个青少年都会有的,如果我们不能消除它,那么就想方设法地把它转化为积极的因素,让其成为督促我们奋进的动力。如果嫉妒同学比我们学习好,那么我们就从自身作出努力,不断拼搏,争取在下一次考试中超越他人,这样嫉妒就变成了一种动力。所以,有了嫉妒心并不可怕,只要我们能够正确地对待它,就可以将其转化为有利因素。

恋师的泡影

豆蔻年华的羞涩少女迷恋上英俊潇洒的男老师、情窦初开的阳光少年喜欢上温文尔雅的女老师……这些并不是只有在琼瑶小说中才会有的情节，而是我们校园中比较常见的一种现象，甚至在我们自己身上都有所表现，大家通常捕风捉影地将所谓的"师生恋"当做自己茶余饭后的谈资，为平静的校园生活增添一点儿涟漪。可是，作为当事人，他们却备受折磨，在饱尝了酸甜苦辣之后，绝大部分同学都从暗恋开始并以暗恋为终，而极少数鼓足勇气对老师坦言的，也基本上以被婉言拒绝而结束。暗恋的还好说，坦言而被拒的甚至一生都无法忘掉当初那种青涩之苦。可见，恋师情结不仅影响我们的学习，甚至还会影响我们的一生，所以，我们一定要慎重待之。

刘菲菲是某重点高中里公认的校花，不仅人长得漂亮可爱，而且学习成绩也很棒，所以很多老师都非常喜欢她，当然都是老师对好学生的那种喜欢。由于刘菲菲在各方面都很优秀，因此身边有很多男孩子总是对她暗送秋波，但她丝毫不动心，因为她觉得他们都很单纯、幼稚。受电视剧的影响，她特别崇拜韩剧中那些深沉稳重、俊朗帅气的男人。升入高二后，他们班新分来了一位语文老师，这让刘菲菲不禁眼前一亮，他不正是自己喜欢的类型吗？成熟稳重外加英俊的外表，而且他举手投足之间都显得很有绅士风度，就连他上课写板书的时候留给学生的侧面都是那样的帅气十足，更吸引刘菲菲的是他那满腹的才华。每堂课他都旁征博引，娓娓道来，将原本古板的语文课讲得如此生动。班里很多女生都渐渐地被语文老师吸引，偷偷地暗恋他，刘菲菲知道后，就和她们"争风吃醋"。她总是有事没事就拿语文题向老师请教；为了不让自己的"情敌"接近老师，从来都没有骂过人的刘菲菲甚至和"情敌"对骂，后来居然发展到大打出手。越是如此，刘菲菲对老师的迷恋越深，占有欲也越强。她见不得老师和哪个女同学说一句话，否则她马上就会"醋意大发"，千方百计地找那个同学的麻烦。为了让语文老师只对她一个人好，她甚至满怀欣喜地向语文老师表白心迹，却被委婉地拒绝了，这让自尊心极强的她很受伤害。一气之下，她退学了，整天无所事事——原本很有前途的她因为青涩的恋情就这样断送了自己的前程。

　　心理专家认为，我们当代青少年的性心理转变有一个非常突出的特点，即容易将爱恋转移到年轻的异性老师身上。因为师长是我们学习上的导师，是我们言行举止上效仿的楷模，我们对老师的感情往往会由尊敬、爱戴进而转变为朦胧的爱恋。这种爱恋往往并不是异性之间真正的爱恋，而是单方面的、不成熟的，也是不可能得到回应的。这种朦胧的感情，如果得不到老师的回应，或者遭到别人的非议，很有可能会引发我们的心理疾病，让我们由纯真美好的喜欢转为一种偏执扭曲的沉迷——越是得不到的，就会越疯狂地想得到，最终导致心理方面的问题，不但对我们的学习造成恶劣影响，还会给我们的人生中留下痛苦的疤痕。当然，也有极个别的人会有相对好一些的结果——因为喜欢上某个老师而努力学习，最终让这种朦胧的情感转化成鞭策自己奋进的动力。所以，恋师情结就像一把锋利的双刃剑，但我们现在还没有驾驭它的能力，因此最好不要去碰它。

青涩的果子摘不得

男女同桌成为"情侣"

　　高一下学期调座位时，老师将班里的尖子生段可和后进生张妍调为同桌，其目的是想让他们在学习上互相帮助。刚开始，他们也不辜负老师的期望，段可在学习上经常帮助张妍，为她讲解难题，还将自己的学习诀窍告诉张妍，让她好有个参考；而张妍为了感谢段可对自己的帮助，经常在生活上对他予以照顾，不是帮他值日，就是从家里给他带各种零食。两人很快就成了要好的朋友，经常一起出入校园，放学一起回家，上学也都绕到对方的家里去等着一块走，在路上，他们通常都会说一些有趣的话题来让对方开心。

　　可是，慢慢地，张妍就发现段可看自己的眼神不对了。张妍学习不怎么好，可在班里却是长得最漂亮的女生，很多男孩都偷偷地喜欢她，暗送秋波的很多，大胆追求的也不少，但她都对他们置之不理，唯独对段可例外。张妍觉得和段可在一起很开心，加上段可对她表现出了特别的感情，她不仅没有断然拒绝，反而默然接受了。很快，全班都知道他俩在谈恋爱。他俩再也不像以前那样在一起探讨学习了，而改为谈情说爱了——段可的心思完全放在了张妍身上，只要张妍在他的视野范围内，他的目光就没有从她身上移走过，甚至连上课的时候也不例外。段可每天都想着如何讨好张妍，放学带张妍到哪里玩，根本就没有心思听课，再也不能集中精力学习了。就这样，段可不仅没有帮助张妍提高成绩，反而在期末考试的时候和张妍一起沦落成班里的"老末"。

　　段可的退步让很多老师都感到痛心，最后悔的就是班主任，如果不是当初他把段可和张妍调为同桌，自然也就不会有后边的事情发生了。可是，既然事情已经这样了，痛心和后悔又有什么用呢？再说，现在男女同桌发展成为早恋的在高中校园里很常见，我们光靠预防是不行的，靠封闭和隔离更是幼稚的措施，不仅是很不现实的，也是不会有多大成效的。我们必须首先找到早恋的原因,然后对症下药,这才是我们避免男女同桌成为"情侣"的最有效的办法。

　　青少年的早恋通常跟他们对待感情所持有的不成熟的心态有关。进入青春期后,男生女生在生理上都向成熟迈进了一步,性意识的萌发使得异性之间开始有了相互吸引的东西,一种说不清楚的懵懵懂懂的恋情自然而然地就产生了,这时候,如果处理不恰当就会很自然地发展为早恋。所以,作为青少年,我们自己必须对异性有一个正确的认识。我们可以借助有关书籍的内容来打破自己心中对异性的神秘感,将对异性的友谊和情感区分开。一旦觉察自己有早恋的倾向,我们要及时地提醒自己,将早恋的危害当成自己的警钟,让自己时刻保持清醒的头脑,始终将学习放在第一位,正确处理自己和异性的关系。

青涩的果子摘不得

对异性的情感得不到恰当的释放

严冬是名初二的学生,因为与同班的李安静在学习上都名列前茅,又都是班干部,所以平常在一起的机会比较多,两个人经常在一起讨论学习和班干部工作方面的事情,因而常被同学们开玩笑地说成是"天生一对"。说者无意,听者有心。听了同学们的玩笑话,严冬感到很难为情,毕竟他对男女之间的关系挺忌讳的,被同学们这样一说,他本来平静的心海掀起了阵阵微波。其实,尽管他对女生心存芥蒂,但打心眼儿里喜欢李安静,因为李安静在学习上的刻苦认真和在工作上的雷厉风行都很吸引他;再加上李安静天生活泼开朗、爱说爱笑,大家都愿意接近她,严冬也不例外。可是,他心里越想接近她,行为上却越疏远,因为他害怕同学们议论他甚至嘲笑他,所以,在平时的工作中,需要和李安静接触时他就故意装出一副很严肃的表情。然而,他这完全是在自欺欺人,他对李安静的好感不但丝毫没有减弱,反而越来越强烈;事情发展到后来,只要他躺到床上一闭眼,脑海中就会出现和李安静交往的情景,让他久久不能入睡。后来他竟然为此经常彻夜失眠,而且,在白天的课堂上,他也满脑子都是李安静的影子。如此一来,他根本无法好好听课,再加上失眠的折磨,很快就心力交瘁了。大家毫不知情,都认为他是得了神经衰弱,可是谁知道这都是"相思病"给害的呢?

青春期的少男少女正处于情窦初开的年龄,对异性有些特殊的感情是很正常的事情,当这种感情出现后,并没有什么可怕的,只要我们能够恰当地处理好它,就不会给我们造成太大的影响。但问题是很多时候,我们都会像严冬那样,不知道该如何恰当地释放自己的感情,不能正确地处理自己对异性的情感,所以,最后吞食恶果的还是我们自己。

因此,我们要学会正确地释放自己对异性的感情,学会转移自己的情感和注意力。当发现自己对异性产生异样的情感之后,我们不必恐慌,否则,不仅不利于问题的解决,反而很可能会因此而产生心理障碍。这时候,最好的办法,就是我们及时转移自己的情感和注意力。当我们在脑子里想某位异性同学的时候,我们可以试着看看小说,让自己完全融入到小说的故事情节中去,这样等熬过了那一段时间,我们对异性的思念就会减弱一些;等下一次再想的时候,我们可以看看电视剧或电影,或者干脆玩一会儿游戏,这样时间一长,我们想起异性的次数就会慢慢减少,直到最后不再想。

青涩的果子摘不得

118

正确对待异性交往

　　说到青春期的早恋问题，很多人都非常惧怕，尤其是父母和老师，他们将早恋视为青少年成长的最大隐患，因此在这个问题上，他们表现得比较敏感，往往会将我们男女同学之间的正常交往误认为早恋，从而对我们严加惩戒。他们的一惊一乍自然也会对我们造成不好的影响，让我们对男女之间的友谊很敏感，生怕自己会一不小心越过了雷池。所以，我们就在表面上故意疏远异性同学，不和他们一起讨论问题，不和他们一起玩，上学放学的路上遇到异性同学也总是匆匆地躲开，生怕自己会惹什么嫌疑。这都是些比较正常的"反常行为"，但有些比较极端的人会对异性产生仇恨心理，这对我们的身心健康发展极为不利。

　　杜肖鑫在某高中读高二，他的学习成绩在班里一直都很好，可就是他这个人有点怪怪的。他总是一个人闷闷地学习，从来都不参与同学的游戏或者讨论；他总是埋头于书本，眼镜的度数一增再增。他有时候也会一个人发呆，可是没有人知道他在想些什么。他似乎天生就讨厌女生，偶尔有哪个女生不懂"察言观色"向他请教问题，他会立即毫不留情地拒绝人家，甚至会当众骂人家；平常他根本看都不看女同学一眼，将女同学视为魔鬼，认为如果和她们接近自己就会倒霉。

　　杜肖鑫之所以会有这种想法，和他的妈妈有很大的关系。自从他升入初中以后，他的妈妈就经常在他的耳边千叮咛万嘱咐，要他一定不要和女生接近，还给他讲许多早恋带来不良影响的例子，甚至将早恋的危害做成一个醒目的卡片放到儿子的书桌上，有意让它成为儿子的警钟。杜肖鑫整天耳濡目染，渐渐地就对女生产生了恐惧心理，认为和女同学交往是有百害而无一利的，所以他在平常的学习和生活中从来都不和女同学接触。上了高中以后，由于学习的压力更大了,他只想将全部的心思都投入到学习中,对女同学也就更不感兴趣了。然而,即使他从不主动接近女同学,女同学却喜欢接近他,因为他的学习成绩很好,大家都想向他请教问题,女同学也不例外。他总是耐心地为男同学解答问题,却很少给女同学讲题,后来女同学找他的次数多了,他对女同学的恐惧逐渐转化为讨厌,索性对任何女同学的请教都拒绝了,到后来又慢慢地转变成了对女同学的厌恶甚至仇恨。

像杜肖鑫这样当然是不会受到早恋的危害了,可是,大家可以思考一下,像他这样对异性之间的交往持有如此偏激的态度,难道不也是一种心理障碍吗?就目前来看,他的这种偏执心理并没有给他的学习带来多明显的不利影响,可是将来就很难说了。因为他在对待异性交往上存在着严重的心理扭曲,其将来的恋爱、婚姻、生活和工作肯定会因此而大受影响;尤其在工作中,他更是不可避免地要和异性接触,所受的影响应该会更大。所以,我们要正确对待和异性之间的交往,既不能过于密切,也不能过于疏远,一定要把握好限度,只有这样,我们才能够健康快乐地成长。

青涩的果子摘不得

自我意识的苏醒

在青春期之前，我们青少年不太注重自我，心甘情愿听从于老师和家长，认为有他们替我们操心一切，我们自己乐得省心，也就从来都没有想过要为自己争取什么权利。可是，自从我们进入青春期后，就大不一样了，我们的自我意识在不知不觉中开始觉醒，并迅速发展，越来越强烈。这时候，我们的自我意识主要表现出以下几方面的特点：

(1) 自我意识的逻辑性和现实性增强。此时，尽管在社会认知方面还相当肤浅，可是由于在心理上的逐渐成熟，我们已经能够在自我意识中对自己的思想和理想有一个比较客观的认识，而且这一认识逐步向逻辑性和现实性发展。这说明，我们已经初步形成了自己的世界观，有了属于自己的思想，不管这种思想是对还是错，它表明我们已经向自立迈出了一大步，不再是父母和老师的"应声虫"了，而且我们也已经学会用自己的眼光和思想去审视世界了。

(2) 自我意识开始趋向于自己的内心世界。步入青春期以后，我们明显比少年时成熟多了，学会了将什么东西都埋藏到心底，再也不愿将自己的喜怒哀乐都写在脸上。比起一些表面上的东西，我们开始更关注自己的内心。如果某些事情让我们不能够从心理上接受它，即使再需要，我们也不会心甘情愿地接受。我们再也不会对一些不愉快的事情一笑而过，因为我们的内心已经因此而受到了伤害。与此同时，我们开始关注自己的性格，并能够比较准确的定位自己的性格。我们常听一些中学生介绍自己时说"我是一个内外向兼有的人"，并同时说出他内向的一面和外向的一面。这样的介绍性语言说明我们的自我意识已经趋向于自己的内心世界了。

(3) 自我意识发展不平衡。虽然我们的自我意识在青春期的确在不断的走向成熟，但是它仍不完善。这主要表现为我们的言行脱节：一方面，我们明白自己的优点和缺点,也能够对自己做比较到位的评价;但另一方面,我们却不能借助于意志力方面的主观因素来发扬自己的优点、改正自己的缺点,即使我们会有改正缺点的行动,也往往会因为没有毅力和耐心而搁置。

(4) **自我意识带动评价能力提升**。青春期是自我评价能力迅速发展并逐渐成熟的时期。在这一时期,我们有了属于自己的思维,不仅能够对自身进行较客观的评价,而且还能对我们周围的事物进行比较科学的评价。只要跟自身有关的事物,我们都会下意识地对它们进行评价,加上对知识的掌握越来越丰富,我们习惯于用自己所学到的知识来评价周围的一切,这很容易促使我们形成良好的思维习惯。因此,我们的评价能力无论是从主动性和全面性上,还是从深刻性和准确性上,都开始逐渐提升,并不断向成人的水平靠拢。

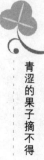

青涩的果子摘不得

全面了解青春期心理误区

青春期不仅是人生理发育的关键时期,也是心理走向成熟的重要阶段。比起生理上的发育所带来的一系列问题,心理上发生的变化如果不及时予以处理和疏导,更容易引起我们青少年的心理疾病,更容易让我们产生心理障碍,陷入心理误区。这一阶段常见的心理误区主要有以下几种:

(1) **争强好胜和虚荣的心理**。随着青春期的到来,青少年的自我意识也在不断地增强。为了强调自我的价值和自己在他人心目中的地位,青少年会表现出明显的争强好胜心理。有时候,他们仅仅为了赢得老师的一句表扬,大张旗鼓地去做老师布置的很简单的小事,甚至会因此和同伴争得面红耳赤。由于我们过分地争强好胜,所以在心理上就很容易产生虚荣心。这种虚荣心在女同学身上表现得比较明显,我们追逐流行时尚,追求高消费,穿着很时髦,这和我们的实际年龄和身份极不相符。

(2) **精神世界空虚**。现在的青少年由于学习上的压力,很少有机会去阅读课本以外的书籍,即使有时间,我们也只对图片信息更感兴趣,比如电视剧、电影或者一些漫画等,一般很少涉猎厚重的文化或文学典籍,因此我们的知识面就相对比较狭窄,精神世界呈现空虚的状态。我们有时候会感到自己极度空虚,可是却不知道为什么会出现这种状况,于是为了填充自己的空虚,我们往往会"饥不择食"地去盲目追求社会上的一些精神刺激,经常出入和我们身份极不相符的迪厅、酒吧、网吧等场所,让自己的精神在这些喧嚣的地方得到短暂的放松,但这无法从根本上解决任何问题。

(3) **早恋和性冲动**。青少年时期如果不能很好地处理自己和异性之间的关系,不注意自己的感情发展,很有可能会坠入早恋的旋涡。出现这样的情况和青少年在心理上的不成熟有着极大的关系,也和我们性意识的萌发有着重要关联。在青春期,随着生理和心理的不断发展成熟,我们在生理上存在着性冲动,对异性萌生了一种特别的感觉,会不自觉地受异性的吸引,而且渴望接近异性,和异性在一起就会感到莫名的冲动,这种冲动让我们对异性充满了爱慕之情,如果处理不当则会渐渐演化成早恋。

(4) **自卑心理**。自卑是我们青少年性格发展过程中的一种心理缺陷。进入青春期后,由于生理发育早于心理发育,我们的心理滞后,这导致我们会对自身的生理发育感到很困惑,并无法对自身的生理反应作出正确的判断,因此我们在心理上往往会轻视自己,觉得自己很幼稚、很无知,这样,自卑心理就逐渐形成了。这种自卑心理会严重影响到我们的心理健康,还会影响到我们和他人的交往。因为自卑,我们往往认为别人总是很耀眼,优秀而有为,而自己却很糟糕,一无是处,相比较之下,自惭形秽。我们开始羞于和别人交往,越是如此,我们就会变得越自卑,形成恶性循环,最终导致我们自暴自弃、破罐子破摔。

这些都是我们青少年在青春期常见的心理误区。要想走出这些误区,我们首先必须对自己这一时期的心理特征有一个全面的了解,明白自己在心理方面存在的缺陷,在今后的学习和生活中重点向这些方面倾斜,这对我们走出心理误区很有帮助。

我们要知道的青春期四大矛盾心理

众所周知，青春期是人一生中生理上变化最为明显的时期，这种明显的变化严重冲击着我们心理的发展。在其冲击下，心理呈现出被动发展的趋势，这种心理机能的发展显然满足不了生理机能发展的需要，二者经常无法协调一致，这就造成了身心发展的失衡，从而产生了种种矛盾心理。青春期的各种矛盾心理中最为明显而且影响较大的主要有四个方面：

成熟与幼稚并存。身体上的迅速发育让我们青少年在生理上成长为成人，而心智却还远远不够成熟，但我们却因生理上的成长而在心理上就错误地认为自己已经是一个成人了，并迫切需要家长和老师承认这一点。因此，我们故意和他们对抗，想以此来显示自己已有独立的思考能力和行为能力，不再需要他们的指引也可以健康的生活，我们完全可以对我们自己负责，同时也要求家长和老师对我们予以足够的信任和尊重。但事实上，我们的心理并不像自己认为的那样成熟，我们依然非常幼稚，在认知能力、思维方式、社会经验等方面和成年人之间还存在着相当大的差距；在遇到实际问题时我们并不能像成年人那样冷静、考虑得周全，而且我们也没有成年人那样成熟稳重，在待人接物、处理事情的时候还处处显得很幼稚。

独立与依赖同步。生理机能的成熟让我们在内心建立起成人感，而我们的独立意识也随之越来越强烈，我们将父母和老师当成了自己成长道路上的绊脚石，他们善意的提醒和引导变成了我们眼中的唠叨，是他们阻碍了我们的成长。因此，我们迫切希望能独立完成一些事情，以证明自己真的已经长大了，可以独挡一面了，所以，我们总是寻找一切可能的机会去争取自己独立的权利。但如果真的将一件事情完全交由我们去独立完成时，我们又会因为自身各种因素的不足以及错综复杂的社会环境的影响而将事情办砸了，不得不重新依赖父母，希望父母能够出面来替我们收拾烂摊子。

闭锁与开放并行。进入青春期后，随着我们的成人感和独立意识的建立，知识和经验的增加，加上性机能的成熟，我们内心的一些想法和心理感受不愿意被人知道，所以我们就会将其深藏于心底，这就是所谓的青春期心理闭锁。此时，我们将自己的心理世界尘封起来，不愿意向外界袒露，尤其不愿向成人坦白。如果成人对此表示出不理解，就很容易导致我们对成人的不信任和不满意，从而加重我们内心闭锁的程度。但如果成人对此表示理解而且也不勉强我们坦言相告，反而会让我们觉得越来越孤独、寂寞，我们又渴望找个人来一吐为快。所以，我们往往会表现出欲言又止的尴尬，想要告诉父母自己的心声，但又怕说了之后他们会怪罪。于是我们就将自己的目标转移到了身边的同龄人身上，如此一来，我们会发现，在青春期很多人都有自己的知心伙伴，也就是我们通常所说的"死党"，这主要是出于倾吐心声的需要。所以，我们的心理在以父母和老师为代表的成人面前是闭锁的，但在同伴面前却又是开放的。

成就感与挫败感交替出现。处于青春期的我们一方面感到自己很能干，可以像大人一样干很多事情。比如，以前爸妈从来都不让我们单独出远门，现在爸妈居然很爽快地答应我们去夏令营，这让我们感到小有成就，原来我们已经是大人了啊。可是，我们在做事情的时候常常会出现意外，很多意外都会超出我们的能力范围，不是我们凭借自己的能力所能解决的，于是我们又常常因此而感到自己很没用，内心总有一种挫败感。成就感和挫败感几乎在整个青春期都伴随着我们，让我们在二者之间备受煎熬。

青涩的果子摘不得

青春期情绪特点

步入青春期后,我们在身体上会有明显的变化,相较于生理上的迅速发育,心理上的发展相对缓慢而滞后,让我们无法适应生理上的种种变化。身心发展的不平衡很容易造成各种心理矛盾,而这些矛盾最后都以一种外在的形式表现出来,即我们在青春期特有的情绪。青春期情绪通常呈现出以下几个特点:

(1) **波动性**。青春期的情绪极不稳定,波动性很大。我们会为一点儿小事而大发脾气,陈芝麻烂谷子的事儿也会被我们翻扯出来计较半天,在成人眼中很平常的事情到了我们这里却会掀起轩然大波。比如,别人不经意的一句玩笑,在成年人看来一笑了之就可以了,而我们青少年却做不到这一点,我们会将这个玩笑视为对我们的嘲笑和侮辱,并因此而揪住对方不放。而且,别人一个再普通不过的眼神都能让我们思考半天——我们在想别人是不是对自己有什么意见啊,是不是在暗示什么啊,是不是在表示讨厌自己啊……我们很难用一颗平常心去全面、客观地思考问题。我们时而情绪高涨、热情洋溢,时而又会消极低沉、孤独压抑,而且这种高涨和低沉会反复出现,让我们整天处于矛盾的状态之中。我们总是会在平静的时候后悔自己冲动时的幼稚表现,而等到下一次再遇到类似事情的时候我们却依然很冲动、很幼稚。

(2) **躁动性**。进入青春期后,我们往往会表现得很烦躁。随着身体的发育和第二性征的出现以及心智的不断发展成熟,我们这时的想法千奇百怪,会对性和异性的身体非常好奇,并渴望接近异性、了解异性。然而,另一方面,我们又受到环境、舆论和道德的限制和影响,这让我们感到很压抑。这样一来,我们就会表现出莫名的烦躁不安,不知道该如何解决自己的生理和心理上的问题,但又羞于向别人吐露,害怕被别人洞察自己的内心想法,越是如此,我们就越显得躁动不安,最终给我们的学习和生活带来严重的不良影响。

(3) **反抗性**。人的一生会出现两个反抗期,第一个反抗期出现在 3~4 岁时,其起因主要是儿童对父母的依赖和自主之间的矛盾,儿童想要独立自主的活动。尽管刚刚学会走路,可是他们从来都不怕摔倒,试图挣扎着去往自己想去的每一个地方,拿到自己想拿的每一件东西,这时的反抗比较单一。进入青春期后,人会出现第二个反抗期,这时的反抗则是较为全面的反抗,无论是从外部因素、内部因素,还是从行为表现、人格独立上都会表现出反抗情绪。有时反抗的态度表现为强硬的拒绝或反对,有时表现为冷战,有时则表现为转移话题或迁怒于他人。这主要是因为在青春期,我们的自我意识不断觉醒,独立自主的需要不断增强,我们渴望独立的人格,但是我们的这种自主性却受到了老师和家长的"阻挠",所以,我们希望能通过自己的方式来进行反抗,强烈地表达自我意识。

这三点是青春期情绪的主要特点。我们可以将其与自身的情况进行比照,给自己把把脉,然后"对症自医",让自己成功地克服这三大心理情绪障碍,我们以后的人生必将更加精彩!

第五章

架起沟通之桥

——青少年人际关系心理解读

每个人都不是生活在一个真空的自我世界中，人际交往也就理所当然，而沟通则是人际交往的关键。步入青春期，青少年的人际交往经验不多，掌握的交流技巧也很少，对于人际交往难免存在一些偏见，而且其人际关系心理也存在一些问题，如社交恐惧、自负心理、功利心理、过分强调公平等。了解并掌握青少年人际关系心理，解读青少年人际交往中存在的心理问题，有助于青少年在沟通中学会正确的与人交往，建立良好的人际关系，积累人际交往的经验，促进其健康的人际关系心理的形成。

我们的人际交往误区

　　青少年时期不仅是我们身心发展的关键时期,也是我们的世界观、人生观形成的重要阶段,自我意识的觉醒和不断发展让我们从心底渴望与他人交往,从这种人际交往中获得他人对我们的认可以及我们对自己的自我肯定,并以此来确定自己的价值。我们尤其希望和身边的同学能够正常交往,并建立起深厚的友谊,所以我们会积极采取一定的行动。但是由于我们涉世未深,社会经验太贫乏,因此在与他人的交往过程中往往还存在很多缺陷和障碍,阻碍了我们的正常交往。究其原因,主要还是我们在人际交往中存在以下几个心理方面的误区:

　　(1) 好人缘=与周围所有人打成一片。我们对好人缘的看法比较偏执,认为只有讨得所有人的欢心,我们才算是搞好了人际关系,才算是有好人缘。所以,当得不到所有人喜欢时,我们就会产生一定的交际障碍,认为自己肯定有什么不足,不能让所有人都喜欢自己。带着这种想法,我们在以后的交际过程中就会处处小心,而这种过分的小心又严重阻碍了我们和他人的正常交往。因此,我们必须对好人缘有一个正确的认识。因为每个人都有自己独特的个性和价值观,而且我们也不可能得到所有人的认同——只有正视这一点,我们才能在人际交往中少走弯路。

　　(2) 称赞=奉承。我们错误地认为称赞就是对别人的奉承,是一种虚伪、做作的表现,所以,尽管我们的同学在某些方面表现得很出色,我们也从来都不会去称赞他们,以为这样就能显示自己很有原则,就会赢得所有人的青睐。实际上,这种想法是错误的。因为称赞本身就是友谊中必不可少的一部分,如果我们既不懂称赞所带来的积极影响,又不能恰当地运用它,也就不会收获真正的友谊。每个人在内心里都希望能得到别人的认可,我们的称赞其实就是对别人的一种认可,当他人感受到我们由衷的认可后,会感到快乐并更有自信，从而能够更好地和我们交往。

（3）**对朋友百依百顺才能有牢固的友谊**。我们总以为对待朋友就应当有求必应、百依百顺，不能违反朋友的意志，所以，不管朋友的提议是否正确，我们都会举双手赞成，并做其忠实的追随者；不管朋友的要求是否合理，我们都会答应；不管朋友的请求是否在我们的能力范围之内，我们都会应承下来，从来不会拒绝朋友，从来不会说"不"。事实上，如果我们应承下来最后却没有办到，不仅朋友会对我们失望，而且也会影响我们在朋友心中的信用度。我们必须认识到，和朋友交往，切忌百依百顺，我们要有自己的观点和立场，帮助朋友要在自己力所能及的范围之内，而且，一旦答应了朋友的请求就一定要办到。

（4）**批评会失去友谊**。我们错误地认为，批评朋友是交际中的大忌，觉得批评会让朋友感到很没面子，朋友也会因此而讨厌我们。有时候，为了不让朋友难堪，我们明明知道那样做不对但却编造善意的谎言说是正确的，我们以为这样就能够让朋友觉得自己是个不错的人。其实，我们这样想是对朋友的不负责。当朋友出错后，我们不及时指出，朋友就意识不到自己的错误，就会一错再错，等到最后错误发展到不可收拾的地步时，朋友肯定会抱怨我们为什么不适时地加以提醒，说不定还会因此而失去我们竭力维持的友谊。

以上是我们青少年时期在人际交往中存在的几个心理方面的误区。只有充分了解这些误区，并走出这些误区，我们才能在人际交往中左右逢源。

架起沟通之桥

认为友谊会影响自己的学业

小宇今年上高三了,其学习成绩在班里一直名列前茅,他在班里的绰号是"独行侠",大家一听这名字就能猜到其中的缘由了。的确,小宇叫"独行侠"再恰当不过了——他在班里向来都独来独往,基本上不会和同学有什么交往。有同学说他是在耍酷,仗着自己学习好就看不起其他同学。其实,小宇自己并没有看不起其他任何同学,包括那些学习比他差的。那么,小宇为什么不喜欢和人交往呢?对于这个疑问,小宇是这样说的:"我认为学生就应该以学习为重,我是来学习的,不是来交朋友的,再说,现在都高三了,时间多宝贵啊!我不想让交朋友占用我的学习时间。"

小宇的想法虽然偏激了些,但在我们青少年当中具有一定的代表性。不少青少年朋友都认为,交朋友会成为一种负担,不仅会占用我们大量的学习时间,弄不好还会破坏我们的心情,让我们不能愉快地投入到学习当中去。所以,我们都不怎么看好友谊,从心底里不愿和谁建立真正的友谊,自然也就体会不到友谊带给我们的快乐。难道友谊真的会影响我们的学习吗?其实不然。

俗话说:"一个篱笆三个桩,一个好汉三个帮。"一个没有朋友的人就像一根光秃秃的电线杆,是很可悲的。任何一个人都离不开友谊,包括我们这些学生,因为我们谁都不敢保证自己在学习和生活中不需要朋友的帮助和鼓励,尤其是当我们考试成绩不理想的时候,当我们心情不好的时候,当我们有心事而不能和父母讲的时候。如果这时有一个好朋友在身边鼓励我们,开导我们,我们的不愉快很快就会消失,我们也能很快就重新振作起来。可见,友谊的力量是无穷的,我们不能没有友谊。我们之所以会认为友谊影响学业,是因为我们没有处理好友谊和学业之间的关系。因此,我们要学会处

理好这两者之间的关系,可以从以下两方面来做:

(1) **交朋友要交知心朋友。**友谊不一定非要表现在表面,让所有人都看见我们和朋友之间亲密无间——古人交友追求"君子之交淡如水",真正的友谊是可以深埋于心底的。我们没必要把对方天天挂在嘴边,和对方天天腻在一起,只要我们在闲暇时能够相互问候一下,忙时想起对方会会心一笑,在失意时能够互相鼓励,在快乐时能相互分享,这就是真正的友谊。它并不会浪费我们的时间,反而会给予我们无穷的动力。

(2) **在学习之余为友谊留点儿空隙。**我们的学习时间的确很宝贵,可是,也不能因此就将所有的时间都用在学习上而忽略了朋友,否则我们的大脑就会饱和。当大脑处于饱和状态时,即使我们再怎么努力加深记忆也收效甚微。这时候,我们不如选择找好朋友聊聊天,相约放松一下,也可以借机交流一下彼此最近的学习情况和学习心得,吸取对方的经验,接受对方的教训。这样不仅可以巩固我们的友谊,同时它也是一种很不错的学习方式。

架起沟通之桥

过于敏感的交际心理

林茗薇是一名高二的学生，她从来不和同学说半句有关自己家庭的事情，所以同学们对她的了解也很少，尽管平时大家也都在一起玩，可总觉得她是一个非常神秘的女孩，而且还有点儿说不清、道不明的别扭。有一天，林茗薇的爸爸到学校找她，在这之前林茗薇是从来都不让家长到学校找她的——她父母都是普通的工人，穿着都很朴素，而且爸爸的左脚还有点儿跛，她怕父母会让她在同学面前丢面子。但那一天忽然下起了大雨，林茗薇又没有带雨具，爸爸担心女儿淋雨，就趁着中午休息的时间来给她送雨具。刚好赶上下课时间，班里的同学出出进进的，都看到了林茗薇的爸爸。等爸爸走后，林茗薇伤心地哭了，她以为大家肯定都在心底偷偷地嘲笑自己。从此以后，林茗薇就像做了什么见不得人的事情一样，一遇见人就低着头，不敢抬头看人，而且只要看见同学们聚在一起说话，就怀疑他们是在谈论自己、嘲笑自己。她内心里感到极度自卑，不敢再和同学们一起玩，即使同学极力邀请她，她也会以各种借口拒绝。她经常一个人在那里发呆，更多的时候是胡思乱想，变得越来越让人难以捉摸，跟同学的关系也越来越疏远。

其实，在我们中间，像林茗薇同学这样的也不少。在交际中，我们总是表现得很敏感，患得患失，总是觉得同学们在说我们的坏话，在嘲弄我们平凡的家境。有时候，我们会因为一件事做得不好就好几天都恍恍惚惚的，认为全世界的人肯定都在嘲笑自己，严重影响了我们和同学之间的正常交往。所以，我们要想和同学正常交往，在同学们中间有好的人际关系，就必须克服自己的敏感心理。

首先，学会换位思考。我们的心理之所以会如此敏感，多数时候都是因为我们喜欢用自己的想法来揣度别人，有点儿"以小人之心度君子之腹"——我们考试成绩不好,就认为别人肯定会嘲笑我们脑子笨;我们穿的衣服不是最时尚的,就认为别人都会讥讽我们品位低;我们舍不得买漂亮的背包挂饰,就认为别人都会讽刺我们抠门儿。其实,这只是我们自以为是的臆测。我们有必要学会换位思考,真正把自己当成是别人,而将别人当成是自己,看看在相同的境遇下,我们会怎么想。如果别人考试成绩不好,我们会笑话人家笨吗?如果别人穿得衣服不时尚,我们会鄙视人家没品位吗?如果别人不买背包挂饰,我们会说人家小气吗?如果我们不会那么想,那么别人也都不会那么想——我们中的绝大多数人都是善良的平凡人,我们根本不会因为那些因素而小看别人,别人当然也就不会因为那些因素而对我们有什么看法了。

其次,把集中精力在自己喜欢的事情上。我们总认为别人在私下嘲笑我们,心理会因此变得越来越敏感,关键还是因为我们的精力不集中,总是胡思乱想,所以才会无中生有。如果我们能集中精力于自己喜欢的事情上,即使别人真的对我们有什么看法,我们也不会太在意的。

最后,不要太追求完美。俗话说:"金无足赤,人无完人。"认识到了这一点,我们就会明白,人都不会是完美的,都有犯错误的时候。当我们犯错误的时候,不要对自己太苛刻,我们先要从心理上自我原谅,别人肯定也会谅解我们的。所以,不要对自己太过吹毛求疵。

架起沟通之桥

对人际交往失望

　　马文静是名初三的学生，她平时不爱说话，同学们都以为她是天生文静、不善言谈。然而事情的真相并不是这样的。马文静原本也是个活泼开朗的女孩，小时候身边经常围着很多小伙伴。随着年龄的增长，她慢慢地发觉，小伙伴们再也没有以前那么和谐了，大家在一起经常会发生冲突，不是今天你和我吵架了，就是明天我和她闹矛盾不说话了。马文静是一个很爱较真的女孩，只要小伙伴们得罪了她，除非找她道歉、认错，否则她是不会轻易原谅对方的，更不会主动示好，因此，她先后失去了很多要好的朋友。后来，马文静渐渐地就对人际交往失去了兴趣，也懒得跟人说话——她觉得无论和谁交朋友，都免不了要闹矛盾，还不如自己玩自己的，省心，而且不会生气也不会吵架，也没有那么多麻烦。所以，马文静就逐渐变得沉默寡言了。

　　马文静因为在交际中遇到了太多的挫折，所以对交际失望了，由一个外向的女孩转变成了一个内向的女孩，这在我们的身边也是很常见的的事情。尤其是在我们还没有掌握交际技巧时，主观认识上比较自我，不懂得为他人考虑，也就更容易在交际过程中出现类似的问题。我们很容易因此而对别人心生埋怨，认为和别人交往只会给自己带来麻烦和不快，在经历了几次不愉快之后，就会对人际交往彻底失望，不愿意再向谁敞开心扉，不想再和谁做朋友。这时，问题就很严重了，这已经不单单是我们和别人的交际问题，而是逐渐演化为一种心理障碍了。所以，我们一定要注意，以避免这样的情况出现。

　　首先，要学会适应别人。我们每个人都有自己独特的个性、价值观、说话及行为方式。所以，当别人与我们发生冲突时，我们就容易觉得别人的是错误的，认为是别人冒犯了我们，进而在心里或者口头上对别人表示不满。这不利于我们和别人的交往，因此，我们应该学会适应别人，不能够总让别人来适应我们——每个人都是一个独立的个体,我们要想赢得他人的尊重,首先也应该尊重他人。

其次,学会从自身找原因。当我们和同学闹矛盾后,我们不要一味地去责怪别人,换个角度看,或许并不是别人的错误,而问题恰恰就出在我们自己身上。我们总是对别人太过苛刻,而对自己却很放松,看不到自己的错误。因此,当矛盾出现后,我们应先从自身找原因。如果确实是我们的错误,我们就要及时地向同学道歉,以便得到同学的原谅,从而加深彼此之间的友谊。

最后,不要轻易放弃友谊。我们现在的青少年都非常要强,只要和同学发生了不愉快,就会从此"老死不相往来"。这种做法很不好,对于锻炼我们的交际能力是非常不利的。人与人的交往本来就是一个相互磨合、彼此适应的过程,如果我们因为一次的不愉快就轻易地放弃,那我们就很难从实际交往中掌握交际的经验和技巧,也很难与人进行良好的沟通。

架起沟通之桥

处理不好和同学之间的关系

我们青少年需要处理的人际关系最主要的就是我们和同学之间的关系，在人际交往方面出现的最大问题也就是不能恰当地处理我们和同学之间的关系，才会造成我们在人际交往中的尴尬局面。一般来讲，我们和同学之间，关系不是太过密切，就是过分疏远，没有办法做到适度，所以总会出现这样或那样的问题。

孙静静今年刚读高一，让她感到意外的是，自己居然又和李娜分到了一班——她和李娜自从上幼儿园开始就一直在同一个班，读小学、初中时还是同班同学，而现在到了高中居然又被分到了同一个班。说她们有缘分是比较有道理的，但我们如果据此认为她们肯定是关系很不错的好姐妹，那就错了。熟悉她们俩的人都知道，这两个人真是一对"欢喜冤家"，她们两个人关系时好时坏。当关系不好的时候，两个人跟仇人差不多，互相用最难听的话说对方，甚至为了鸡毛蒜皮的小事也会不顾女生的形象而大打出手。原因很简单，这两个人的个性都太强，遇到问题时总是各执己见，谁也说服不了谁，然后就会先骂后打，用"武力"强迫让对方服软。当好的时候，两个人又恨不得跟一个人似的，我穿你的衣服，你用我的学习用品，甚至一起逃课去游玩。她们俩经常处于这种极端的状态之中，这对她们的学习造成很大的影响。当闹矛盾时，她们相互怨恨，根本没有心思学习；可是当不闹矛盾时，她们又总是琢磨着怎么玩、上哪儿玩去，所以她俩的学习成绩都很差。

其实，与孙静静和李娜类似的情况在我们同学中也不少见，当然，这个例子有一点儿极端。我们还没有足够的能力和经验很好地处理好和同学之间的关系，特别是和同学有冲突时总是不能及时地缓解矛盾，然而和同学之间的磕磕碰碰却是无法避免的,虽然都不是什么大不了的事情,却往往会影响到我们的心情,让我们不得不在学习的过程中分心来想它。可见,处理好和同学之间的关系是很有必要的。为此,我们可以尝试着这样做:

(1)**做一个宽容大度的人。**我们和同学之间的冲突最终会演变为矛盾,主要是因为我们不够宽容大度,不会容忍别人,遇事总是斤斤计较,从来都不甘心吃亏——同学不小心踩到我们了,我们马上会反过来给对方一脚;同学不小心把我们的东西弄坏了,我们不仅会不依不饶地让人家赔偿,甚至还可能会拳脚相加。我们这样做对同学之间建立友谊是极为不利的。得饶人处且饶人,我们应该学会宽容。

(2)**能够设身处地地为别人着想。**我们不能够容忍别人,主要是因为我们还不懂得要设身处地为别人着想,我们不理解别人的苦衷,所以才会对同学无心犯的错误也抓住不放。如果我们能够替同学着想,谅解其无心之失,没准儿彼此还会成为好朋友呢。

架起沟通之桥

害怕与人交往

由于受到社会上一些负面因素的影响，我们很多青少年都认为人心险恶，谁都不可以轻易相信，每个人都会对自己构成威胁。因此，我们对人际交往产生了恐惧心理，用冷漠武装起自己，不愿与人接近、交往，除非迫不得已，否则我们是不会轻易和哪个同学有什么交流的，更不用说与人交心了。这种社交恐惧心理不仅严重阻碍了我们和同学的正常交往，也让我们的学习和生活大受影响。

文杰是初三的学生，他从小就不爱和别人说话，见了人总是躲着走，长辈和他说话他也总是低着头不敢看人。大家都说文杰像个文静的小姑娘，见人还害羞，所以小时候的文杰特讨人喜欢，大家都觉得他不会惹什么麻烦，不像别的小男孩那样调皮捣蛋，整天惹是生非。可是，大人们疏忽了——他们并没有发觉文杰的表现其实很不正常，也没有意识到小男孩失去了其顽皮的天性很可能会出问题。等文杰长大以后，大家才慢慢发现他在交际方面存在严重的问题。他非常害怕与人交往，因为他总会记起小时候妈妈给他讲的坏人的故事。他认为所有的人都是坏人伪装起来的，所以从心底惧怕和人交往，觉得自己一不小心就会上当被骗。在班里，他总是沉默不语，即使有同学主动和他聊天，他也不会轻易开口，时间长了，大家也就不愿答理他了，没有了大家的主动沟通，他与其他人交流的更少了。有时候，看到大家在一起玩得那么开心，他也很想参与其中，可是一想到可能会给自己带来麻烦，就马上打消了原来的念头。

很显然，文杰这是患上了社交恐惧症，其恐惧源自于他对人的不信任，过分排外的心理让他将自己和家人之外的所有人都看成是可能会伤害到自己的"坏人",带着这种心理去交际肯定会遭遇失败的。在与人交往的过程中,我们大多数人虽然不像文杰那么极端,但是有时也会流露出对人的不信任,也会对人际交往产生一定的恐惧心理,给我们并不成熟的社交生活带来更多的麻烦和不利影响。因此,我们有必要从以下几个方面来消除自己的社交恐惧心理:

(1) **多发现别人的优点**。我们总喜欢将别人想象成坏人,故而总是忽视别人的优点,却揪住其缺点不放,将别人微不足道的小错误夸大为弥天大错,将别人的无心之失夸大为有意刁难,所以我们就会越看别人越像坏人,当然也就不敢接近人家了。因此,我们要多发现别人的优点。其实,每个人身上都有闪光点,我们要从发掘他人优点的过程中慢慢地改变自己对别人的偏见,从心理上对别人有一个客观、全面的认识。这样,我们就会慢慢地打消自己的恐惧,从而更好地与人交往。

(2) **学会主动出击**。如果我们认识到自己有社交恐惧症,就一定要说服自己去慢慢改善。我们可以变得主动一点儿,尽管可能对某些人心存芥蒂,但我们还是要真心诚意地去和对方交往,哪怕第一天只和对方交流了一下眼神,第二天也许就能说上一句话了,这样每走一步都是在前进——我们每天都会感到自己在进步,进而能够激励我们不断地密切自己与他人的关系,促进与他人的交往。

自负让我们的交际圈不和谐

我们现在的青少年几乎都是独生子女，从小就是家里的"小太阳"，过惯了被亲人围绕的生活，所以我们经常错误地以为我们就是世界的中心，身边所有的人和事都得顺从我们。因此，我们一个个都很自我，很霸道，处处都是"我"优先，在家里是这样，在学校也是这样。在生活上，我们对同学颐指气使，总让他们为我们做这做那的，好像他们天生就应当服从一样；在学习上，如果我们学习好，就会看不起那些学习一般的同学，不愿和他们探讨问题，认为他们的见解都不值得一提，但如果我们学习不好，就会认为学习好的同学都是老师的"应声虫"，对其嗤之以鼻；在社会活动中，表现得更加过分，别的同学都在劳动，而我们却在那里指手画脚，俨然整个活动的指挥者。这种种表现都成为我们和同学交往中不容忽视的败笔，让我们的交际圈变得不和谐。

乔乔所在的初一(3)班是全校出了名的乱班，可谓"臭名昭著"，学校领导公开批评过很多次了，但都无济于事；班主任不遗余力，但收效甚微。至于"臭名"的原因，在于他们班打架事件整天不断，不光是男生之间常常拳脚相见，女生之间一言不和也经常会动口又动手。他们班"强人"太多，都认为自己很了不起，互相看不惯对方，谁都想当"老大"，"高人一等"，如果自己的无理要求遭到了对方的拒绝，往往就会发生一场"大战"；女生之间"冷战"是常事，吵架也不少见，打架也不是新鲜事儿。整个班乱糟糟的，没有谁和谁是好朋友的，见面都像敌人一样，同学们之间的关系都很僵，严重影响了班集体的进步——他们班是全校同年级里成绩最差的一个，其他各类评比也基本上都是倒数一名。班级的整体形象和口碑都极差，致使班里的同学都有点儿破罐子破摔的倾向，他们在没有了一点儿学习的心思之后，似乎其生活的全部就是为了确立自己的"小霸王"地位。

你自负吗？心平气和地思考这个问题，我们就会发现在自己身上有不少自负的因素，在我们班也有像乔乔班那样因为太自负而发生的冲突事件，只是冲突没那么大、影响没那么恶劣而已。很多时候，就是因为我们在和同学交往的过程中太自负、太自以为是，自以为很了不起，所以才会引起大家的讨厌。如果能够想到这一点，那么，我们就该知道接下来怎么做了：

(1) **主动与人交往、主动帮助他人。**我们的自负主要表现为不愿主动答理别人，喜欢命令别人为我们做事。如此一来，别人对我们肯定没什么好感，会觉得我们很没礼貌、不懂事，因而不愿意和我们交往。所以，如果我们能够主动地和人交往，主动地关心他人，真心实意地帮助他人做一些力所能及的事情，肯定会博得他人的认可，我们也会因此收获一份友谊。

(2) **把别人放在第一位。**我们的自我中心意识会让我们凡事都只想到自己，很少考虑别人及其感受，这是非常自私的。没有人会愿意和一个自私的人交往，我们自然也就没有朋友。但是，如果我们能够将别人放到第一位，凡事都先替别人考虑，这种无私和大度是很受欢迎的，我们会发现很多人都愿意和我们交朋友。

144

功利之心不可有

目前,在我们的校园里有这样一种现象:我们周围的同学甚至我们自己都喜欢和学习成绩好的同学做朋友,喜欢接近班干部,喜欢围在那些家里比较有钱或者有权势的同学身边。对此,我们或许已习以为常,见惯不怪。可是,我们有没有想过造成这种现象的原因?难道这种现象真的就是正常现象吗?可能我们没有考虑过这些问题,那么,现在就让我们来共同探讨一下吧。

我们喜欢和学习成绩好的同学在一起,那是因为我们想让他们在学习上给予我们帮助,只要赢得了他们的友谊,我们就不用担心学习上没帮手了,他们会及时帮助我们赶走学习上的"拦路虎",而我们也会在他们的带动下取得快速进步。我们喜欢靠近班干部,是因为班干部掌管着班里的各个"关口",有他们作为我们的依靠,我们就可以"高枕无忧"了:上课迟到一分钟,没事,因为纪律委员是咱铁哥们儿啊;值日搞得马马虎虎,没关系,因为卫生委员是我们的好姐们儿啊。所以,我们和班干部交往是为了从他们那里获得"特殊保护"。而我们和家里有钱或者有权的同学交往,目的就更明确了,因为有钱的同学往往有很多好玩的玩具和精美的书籍,而这些都是一般家庭买不起的东西,如果我们和他们成了好朋友,那么他们的玩具和书籍我们就可以时常随便玩、随便看了。

当然,以上并不是我们所有人交朋友的目的,也不是最主要的择友依据,但至少有一部分人是按照以上这些准则来择友的。从中我们可以看出,现在我们青少年在交往过程中的功利心理有加重的趋势,和同学之间的交往多是利益的驱使,一旦没有了利益,同学失去了"应有"的价值,我们和同学之间的友谊就会难以维系了。举个例子大家就明白了。

郑亮在班里的学习成绩一向很好,在他周围有很多的好朋友。但后来由于身体的原因,郑亮大病了一场,出院以后来到学校,经历了几次考试后,他的成绩都排在很不起眼的位置,这时,他身边的那些朋友见了郑亮都不爱答理了,再也没有以前那亲热劲儿了,因为他们已经有新的追随对象了,郑亮对他们来说显然已经失去了价值。

不要以为我们将同学们想得太势利,事实就是这样的,只不过有时候我们是当局者迷罢了。小小年纪却有如此明显的功利心理,实在是让人有些担忧啊!这可能与社会上的一些不正之风的影响有关,但最主要的原因是我们没有形成正确的交际观,不懂得如何与他人正常交往。因此,唯有正确地认识人际关系,形成正确的交际观、掌握交际技能,才能够刹住我们在交际中出现的歪风邪气。

架起沟通之桥

"老好人"并不好

我们或许都有过这样的困惑：我们和所有人都能打成一片，可是我们并没有收获真正的友谊，也就体会不到友谊带给我们的快乐和帮助。这是为什么呢？究其原因，肯定是我们犯了人际交往中亦步亦趋的大忌了——我们在别人面前总爱充当老好人。我们从来不说别人的不是，见谁都是未曾开口先陪笑脸，开口说的话也都是赞语，从来都不会和别人持不同意见，别人说什么就是什么，这样人云亦云让我们在交友时显得很没有原则和主见。我们这种老好人式的交友方式可能刚开始还有些效果，但时间长了，大家就会厌烦，会觉得我们不够真诚，所以我们在别人心目中的位置也自然会下降，渐渐地就很少有人将我们当成是真正的朋友了，这对我们来说是一件很糟糕的事情。

成语霖是一个说话非常风趣的人，在班里他总能将大家逗得哈哈大笑。他从来不会跟同学闹矛盾，见到谁都是一副笑呵呵的样子，无论谁说什么，他都会随声附和，既能和学习好的同学打成一片，也能和学习差的同学相处得融洽。刚开始，大家都挺喜欢他的，他身边一度有很多朋友，可没过多久，大家对他有了较为深入的了解后便开始渐渐地疏远他了，虽然还经常一起玩闹，却不会再与他交心。他百思不得其解，后来，他曾经的好朋友杨军一语道破原委："你这个人哪儿都好，就是太没有原则了，不管是好的坏的你都说好，让我们觉得你很不真诚，很虚伪，我们不喜欢'老好人'。"

杨军的话说明了问题，也惊醒了成语霖，让他明白了自己的失误之处，也让我们知道了"老好人"并不好——它不仅不是交际致胜的法宝，反而是交际中的障碍，它让我们在交际中没有自己的立场，也失去了自我，让我们成了别人不信任的对象。所以,我们应该改掉自己身上那些随声附和、亦步亦趋的毛病。我们大可不必因为怕得罪人而不敢明确地表示自己的立场,或者对别人提出批评——只要我们的看法合理,建议中肯,真心诚意,肯定会被大家接纳的。

友谊最重要的就是真诚。要想做到真诚,我们就不能没有原则地只说好话,应该分清是非黑白,并用一种委婉的、不伤人的方式明确指出他人的错误或缺点,以真诚的心欣赏他人的长处与成功。只有做到真诚,只有重新找回自我,我们才能在人际交往中真正地表现自我,并赢得真正的友谊。

架起沟通之桥

过分强调公平

公平正义是我们这个社会所提倡的，也是所有人共同追求的。但是，公平并不一定适合任何领域，比如朋友之间就不能过分强调公平。而且我们强调的所谓的"公平"大都是从自己的角度和立场出发，因此，如果过分强调朋友之间的公平，那就变成了斤斤计较。一个斤斤计较的人是不会受别人欢迎的，谁都不愿意和一个整天忙于算计的人在一起，如果那样的话就等于自讨苦吃。

闵婷是名初二的学生，学习成绩不错，人也长得漂亮，但她在班里几乎没有朋友，连女同学都离她远远的，男同学就更不用说了。这究竟是什么原因呢？这还得从刚升初一那会儿说起。刚升入初一的时候，全班同学都来自各个不同的小学，彼此之间虽然很陌生，但很快就能打成一片。闵婷和于晓岚就在这时成了很要好的朋友，两个人一起温习功课，一起讨论习题，成了生活和学习上的好伙伴。慢慢地，于晓岚就发现了闵婷凡事都喜欢和自己比个高低，和自己计较得一清二楚。比如，她让闵婷帮自己干了什么事，明天闵婷一定会要求自己帮她干同样的事情；今天自己吃了闵婷的什么零食，到了第二天，她也一定坚持让自己买同样的零食给她。刚开始的时候，性格大大咧咧的于晓岚并没有在意这些小事，所以有时也就没有按闵婷要求的去做，结果闵婷就经常对于晓岚说她们俩在一起太不公平了，凭什么老让她一个人付出。于晓岚刚开始并没有往心里去，还以为闵婷是在开玩笑，也就没有多想，但后来闵婷说得多了，于晓岚终于想明白了。后来，班里的同学通过和闵婷的接触，都知道了她是一个过分强调公平、喜欢斤斤计较的人，所以再也没有人接受她的任何帮助了，都怕她向他们讨要"公平债"。

喜欢占别人的便宜当然不好，可是像闵婷这样，将自己给别人的芝麻大点儿的好处都牢牢记在心里，并像讨债一样向别人讨要，这难道就好了吗？当然不好，过分强调公平，会让别人觉得你很没有风度，很小家子气。如果我们帮助别人的目的是为了让别人偿还我们同样的东西或者加倍地偿还我们的话，这是很让人反感的。朋友之间本来就是一种互帮互助的关系，如果我们一定要将朋友之间的关系看成是一种互惠互利的关系的话，那么我们将无法获得真正的友谊，和朋友之间只能是相互利用的关系。这样的友谊是最不牢固的，为我们带来的只能是不愉快的利益纷争和最后的分道扬镳。

因此，我们在交朋友的过程中，千万不要将友谊当成是一种公平的交易，而应该将友谊当成是最珍贵的东西来用心地呵护。不要为了自己的一点儿付出而斤斤计较、耿耿于怀，我们要淡然地看待自己对别人的帮助，而牢记别人对我们的帮助。

言行举止欠妥当

　　我们青少年渴望友谊，希望能够广交朋友，希望和同学之间关系融洽，但现实往往并不尽如人意，在实际的人际交往中总会出现这样或那样的问题。有时我们明明对同学是一片好意，结果却招来对方的厌烦；有时我们的确是帮了同学的忙，但当事人却并不领情；当然，有时候我们还会好心办坏事，这更让对方无奈。究竟为什么会这样呢？其实，问题的关键还是我们缺乏交际的技巧。我们在与同学交往的过程中不注意自己的言行举止，总是大大咧咧的，明明是一番好意，由于我们不注意表达的方式，所以说出来的话让同学产生误解，以致招人厌烦；明明是想去帮助同学，可是由于我们的举止太过随意，以致被人认为我们是在帮倒忙。这些都是我们在交往过程中普遍存在的问题。

　　方晓艳是个大大咧咧、不拘小节的女孩，本性大方、善良，经常与同学一起分享自己的各种"宝贝"，谁有困难她都会主动帮忙，可是大家并不十分喜欢她。这是什么原因呢？问题就出在她大大咧咧的性格上——她说话做事总是不注意分寸，看到谁有做错的地方，她从来不会在私下里委婉地提醒人家，而总是毫不留情地当众指出；看见同学在洗很多衣服，她就抢过去帮人家洗，却没有将深色和浅色的衣服分开，就把同学的白衣服染成了花的，搞得同学很无奈，哭笑不得。日子久了，类似的事儿发生得多了，大家渐渐在心里对她有了看法，心存芥蒂，也就和她慢慢地疏远了。最苦恼的是方晓艳，她怎么也想不明白自己究竟为什么会被大家疏远。

　　方晓艳的困惑又何尝不是我们青少年朋友的困惑呢？我们涉世不深，没什么人际交往的经验，也没有掌握多少交际的技巧，不注意自己的言谈举止,凡事随心、率性而为,经常会犯和方晓艳类似的错误,这也是在所难免的事情。所以,在出现这样的问题时我们不必气馁,毕竟交际水平是需要经过长时间具体的实践锻炼才能得到逐步提高的。因此,在日常的生活中,我们要多进行这方面的锻炼。具体做法可参考下面的建议:

(1) **三缄其口,话到嘴边留半句。**快人快语固然好,但很多时候,太过直率会让人尴尬,一时之间很难让人接受。我们分明有更好的表达方式来表达同一种意思,而且更容易让对方欣然接受,为什么非得用那种让人不舒服的表达方式去得罪人呢?因此,在开口之前,我们最好先经过大脑的认真思考,想想有没有更好的表达方式,想想自己这句话说出后会有什么样的后果,大家会有何反应——谨言慎行,这样才会比较稳妥。

(2) **知己知彼,待人接物讲分寸。**我们在做事情的时候不能一味地按照自己的方式来,还要多考虑考虑同学的想法。比如我们自作主张地帮同学带饭,如果同学本来就和你的口味相同,那么他自然会很感谢你;可如果你们俩口味不同,甚至差异很大,他喜欢吃清淡的,而你喜欢吃油腻的,你却按照你自己的喜好给他带了,这势必是费力不讨好的事。所以,我们在交往中最好也要做到知己知彼。

架起沟通之桥

有意护自己的短

俗话说："金无赤足，人无完人。"每个人都有其优点和缺点，这是很正常的事情。但很多时候，我们却只愿意接受自己的优点而不正视也不承认自己的缺点。在和同学交往的过程中，我们生怕被人家看到自己的缺点，从而影响自己的形象，所以总是想尽办法来掩饰自己的缺点。殊不知，我们这种拙劣的掩饰反而适得其反——一旦假相被戳穿，我们不仅会在同学面前颜面尽失，而且还可能会失去我们努力维系的友谊。

吕晚晴是名高一学生，和吴华同寝，她俩是无话不说的死党，但最近两个人闹得很不愉快，致使两人的友谊之桥倒塌。原来，吕晚晴是个虚荣心特别强的女孩，她看到吴华有什么漂亮的衣服或者可口的食物，内心里总是特别希望自己也能拥有，不过她从来都不表现出来，怕吴华会因此而看不起她；吴华经常拿自己的东西请她吃，但通常都会被她委婉地拒绝。可是，她总会趁吴华不在的时候偷偷地试穿吴华刚买的衣服，或者将吴华的零食翻出来吃。有一次，吴华从外边回来，恰好看见吕晚晴正穿着自己的衣服站在镜子前摆造型。当时吴华并没有在意，毕竟她们两个是好朋友，穿穿衣服也没什么，而且她穿着也确实漂亮，因此对她大加称赞，说她穿上这衣服很显身材，很漂亮。看见吴华进来，吕晚晴当即就羞红了脸，立即慌慌忙忙地脱下衣服还给了吴华。还有一次，吴华买了一兜苹果，拿了两个给吕晚晴，可是吕晚晴说什么都不要。后来吴华出去了，吕晚晴以为她不会那么快回来，就从她的储物柜中拿了个苹果出来。正当吕晚晴一手拿苹果一手关柜门的时候，吴华回来了，看到她手里的苹果和正要关上的柜门，当时就呆了，而吕晚晴觉得自己被"捉赃"，下意识地把苹果往背后藏，气氛非常尴尬。吴华想："怎么刚才我给她的时候她死活都不要，现在却又自己到我柜里拿？"正疑惑着，她又想起了上次看见吕晚晴私自试自己衣服的那件事……裂痕就此产生。但当时吴华还是没有因此而和吕晚晴断交，反而认为也许是自己太多心了。然而此后，类似的事情还是不断的发生，吴华终于无法再容忍，就和吕晚晴断交了。

吕晚晴失去了吴华这样的好朋友，都是她自己一手造成的。如果不是她太虚荣，也就不会偷偷地试吴华的衣服了；如果她能对朋友真诚一些、坦白一些，不在朋友面前掩饰自己的虚荣心，想试吴华的新衣服就直接说，作为好朋友，吴华肯定会欣然答应她的，她也就用不着偷偷摸摸的了。谁没有点儿虚荣心啊，吴华肯定能够理解她。但是，吕晚晴却将自己的缺点掩饰起来，以为这样就不会让好朋友知道了，结果却让好朋友对她很失望，最后失去了宝贵的友谊。我们一定要以吕晚晴为鉴，在和同学的交往过程中，做到实事求是，多一分坦诚，少一分虚伪；多一分坦白，少一分掩饰！

喜欢背后议论别人

我们都听过"八卦"一词，但却不一定懂得这个词的含义。八卦来源于我国古代的典籍《易经》，传说为伏羲所造，是我国古代一套有象征意义的符号。用"—"代表阳，用"--"代表阴，用这两个符号组成八种形式，即八卦，而每一卦形都代表一定的事物，古人将八卦互相搭配又得到六十四卦，用来象征各种自然现象和人事现象，被用来占卜。然而，在这个日趋浮躁的时代，"八卦"一词的原义已经很少有人会关心，我们这些"90后"更是不懂，但却时不时地"八卦一下"——现在，"八卦"被用来形容搬弄事非、到处饶舌、议论他人是非、谈论蜚短流长。说白了，那些背后议论别人、说人坏话的行为就是"八卦"。

如果平常仔细观察的话，我们会发现，现在喜欢"八卦"、喜欢在背后议论他人的人特别多，这其中甚至也包括我们自己。我们在背后议论其他同学，是出于无聊也好，是因为幸灾乐祸也罢，事实上都在无形中贬低了我们自己，我们为此会损失很多，包括宝贵的友谊。试想，谁愿意跟一个喜欢在背后说长道短的人做朋友？

李佳宁和彭欢是好朋友，两个人平时总是形影不离，好得跟一个人似的，但最近她们之间却发生了很大的冲突。原来，李佳宁喜欢在背后议论同学，最近班里发生了几件不愉快的事儿，这让李佳宁有了谈资。于是，她总会在上学或者放学的路上对彭欢讲这些事情，不是说这个同学的不是，就是说那个同学的糗事。彭欢对此很诧异，她没有想到李佳宁居然是一个喜欢背后嚼舌根的人，竟然这样评价同学，这让她心里很不舒服。彭欢顿时没有了一点儿安全感，想想自己跟李佳宁走得这么近，掏心掏肺地对她，她对自己那么了解，是不是也会将自己的事儿一股脑儿地告诉别人？她会不会也和别的同学在背后议论自己？想到这里，彭欢觉得李佳宁这个人太不可靠了，跟她做朋友很危险。后来，彭欢便开始有意疏远李佳宁，两个要好的朋友就这样渐渐地疏远了。

也许我们会为李佳宁和彭欢感到惋惜，曾经那么好的朋友，怎么说分开就分开了呢？可是，如果我们认真思考一下的话，就会发现彭欢的决定是正确的。跟一个喜欢"八卦"的朋友在一起，自己也会受影响，也会变得很"八卦"，喜欢议论是非，而且难保这样的人不会在背后跟别人议论我们。可见，喜欢背后议论别人的人是很不受人欢迎的，我们一定要杜绝这样的事情在自己身上发生。在平时，我们可以按照以下两点来严格要求自己：

（1）管住自己的嘴。坦白来说，"八卦"是一种非常不道德的行为。老祖宗教育我们："静坐常思己过，闲谈莫论人非。"不论什么时候，都不要随便谈论他人的是非长短，更不要传播那些流言蜚语。也许有的时候我们并不是故意的，就是好奇一点儿，管不住自己的嘴，总是信口开河，想说什么就说什么，想怎么说就怎么说，这样该说的我们说了，不该说的我们也说了，很容易伤害他人，也很容易得罪人。须知"说者无心，听者有意"。当事人会用他们的思维和立场来考虑我们说话的意思和目的，这就容易产生误会和麻烦。所以，我们一定要管住自己的嘴，多想想自己的言行对错。

（2）制止他人"八卦"。我们不仅自己要做到不在背后议论别人，当看到或者听到别人搬弄是非的时候，我们还应该用自己的方式来说服他们停止"八卦"。这样做不仅有助于提高我们自己的修养，而且还能够帮助同学改掉"八卦"的坏毛病，让同学们之间多一分和谐，少一分矛盾。

正在成长··青少年心理健康自助完全手册

不能为同学保守秘密

相互信任是人与人交往的前提,每个人都需要别人的信任,我们青少年自然也不例外——如果我们和同学之间互相猜忌、互不信任,那么双方是很难成为好朋友的。对于我们来说,能够为同学保守秘密是我们赢得对方信任的关键。同学愿意把自己的秘密告诉我们,说明当事人很信任我们,如果我们不懂得这一点,而将其秘密任意扩散宣扬,那么,我们一定会失去当事人的信任,不仅我们的形象在其心目中会大跌,而且我们还会失去这个朋友,最可悲的是,我们会被认为是一个不守信用的人,也就没有人再敢轻易信任我们了。

姜志兵和胡波是同班同学,两个人坐前后桌,平时关系一直不错,总在一起讨论学习问题或者体育方面的问题。他们都非常喜欢足球,志趣相投,所以两个人总有聊不完的话题,时间长了,他们都将对方看做是无话不说的铁哥们。后来,他们班举行了一场文艺晚会,此后,姜志兵就老是心事重重的。胡波很为他着急,很为这个一向爽朗的哥们担心,于是,在私下里聊天的时候就问姜志兵到底怎么了。姜志兵犹豫了一下,就对他吐露了自己的心事。原来,在那场晚会上,同班女同学张乐英唱了一首歌,歌好人也漂亮。姜志兵觉得自己鬼迷心窍了,这几天张乐英的影子一直在他的脑海里挥之不去,让他无法专心学习,他觉得自己可能喜欢上张乐英了。姜志兵说完心事后,一再要求胡波为自己保守秘密,胡波拍着胸脯答应了。可是,没过两天,全班就都知道了这件事,姜志兵感到很郁闷,一是很难堪,他不知道该怎么面对张乐英;二是很疑惑,他不明白大家是怎么知道自己的秘密的。后来经过证实,大家是从胡波那儿听到的消息,是胡波不小心说走了嘴而泄露的。本来就很苦恼的姜志兵这下更苦恼了,他开始讨厌胡波,两个人再也不像从前那样要好了。

胡波犯了交友的大忌,他没有信守自己和姜志兵的约定,将答应会保守的秘密讲了出去。本来姜志兵的"感情问题"很好解决,如此爽朗的他认真地思考一下很可能就把这事儿了结了,但经胡波这么一搅和,他不仅无法面对张乐英,而且面对班里其他同学也有些尴尬,毕竟高中生都对这种事情比较敏感,谁要是出现了早恋的倾向,大家都会用异样的眼光来看当事人。所以,姜志兵觉得在班里简直抬不起头来,原本朝气蓬勃的阳光男孩这下变成了死气沉沉的"闷葫芦"。这很大程度上都是由于胡波不能为朋友保守秘密造成的。

我们应该以此为镜,引以为戒,做一个守信用的人。这样,我们才能赢得他人的信任,而且,还能提高我们的人格魅力,让很多同学都愿意和我们做朋友。

第六章

在挫折中成长

——青少年挫折心理教育

挫折是人生道路上不可或缺的,然而,青少年的心理比较脆弱,远没有表现出来的那么坚强。此外,由于青少年心理不健全、缺乏挫折教育等因素,一次稍大的挫折如果处理不当都能刺激各种挫折性人格的形成,并引发各种青少年心理问题,如敏感性格、心理阴暗、自残以及偏执心理、强迫心理、攻击心理等。实施挫折教育,谨慎、适时地引导青少年战胜挫折,便于青少年在挫折中茁壮成长。

不能正视挫折

俗话说，人生在世，不如意事十之八九。人生的道路不是一马平川的坦途，人的一生也不可能自始至终都一帆风顺，所以，作为一个普通人来说，我们在生活中遭遇挫折是非常正常的事情。而且，有磨难和挫折的痛苦，才会有收获和成功的甘甜——不经历风雨怎么见彩虹？如果我们的生活中没有挫折，我们就不会知道什么叫顺利，也不会知道什么叫幸福。只有在挫折中不断奋起的人生才是精彩的人生。

也许我们会执拗地说："我们不需要什么挫折来彰显人生的精彩，只期望自己一辈子都远离挫折。"然而，这样的想法是不现实的，也是片面的。即使我们认识不到挫折对于我们成长的重要性，即使我们很讨厌挫折带来的困难和麻烦，挫折还是会在某个地方等着我们。就像蝴蝶从茧子中出来必须经历一番痛楚才能蜕变美丽一样，我们只有经历过挫折的洗礼才能领略人生的美妙。然而当蝴蝶蜕变时，如果我们直接剪开茧子，让蝴蝶从中轻松地脱身，那蝴蝶就会因为缺乏破茧时的磨难而变得很脆弱，用不了多久就会死去。再来看我们自身，又何尝不是这样呢？

张祺是家里的独生子，爸爸是个腰缠万贯的富商，所以张祺从小就生活在蜜罐里，平时不管他想要什么，只要不是摘下天上的星星、月亮，爸爸都会满足他。在学习上，爸爸也对张祺没有什么太大的要求，认为将来等他长大了，只要能接替自己的工作就行了，没有必要非得考上大学。所以，爸爸从来都不会严格要求张祺，只是一味地尽自己所能去给儿子尽可能多的金钱和物质，尽可能地满足儿子的各种要求。因此，从小到大，张祺根本就不知道什么叫做困难，对挫折一点儿概念都没有——有爸爸替他把所有事情都打理得井井有条，从来都不用他费心。可是，最近张祺忽然觉得非常苦恼，原来，他喜欢上了本班的女生刘莎，就找机会向刘莎表白了自己的心迹。他本以为刘莎会痛快地答应和他交往，谁知竟然被一口拒绝，还被义正词严地"教育"了一番，说什么现在是高三最关键的时刻，学生就应该以学业为主，早恋是不对的云云。这让张祺很受伤——他从来都没有被人拒绝过，一时间没有这个心理准备，自信心和自尊心极度受挫。他觉得自己再也没脸见人了，就把自己关在屋子里，不吃不喝地想了一天一夜，却怎么也想不通，心里的挫败感反而越来越大。如此一来，他认为自己的人生一点儿意思都没有，很痛苦，甚至想到了自杀。在家人的看护下，虽然他没有走上那条不归路，但从此以后他就完全变了，由原来的极度自信变成了现在的极端自卑。

看了张祺的例子以后，我们可以得出这样的结论：如果一个人的生活太过顺利了，当挫折突然来临时，他会感到措手不及，甚至会因此而产生心理障碍。每经历过一次挫折都是我们对自己人生的一次历练。所以，为了避免类似的事情发生在自己身上，我们应当全面而正确的认识挫折；当挫折来临时，我们不应当逃避，而应该积极勇敢地去面对。

在挫折中成长

我们需要挫折教育

在遇到挫折的时候，被父母保护过度的从未经历过风雨的我们通常都不知道该如何去面对，这样总会延误解决问题的最佳时机。而且，我们青少年正处于生理和心理急剧变化的时期，各方面都还不定型，很容易受到挫折的负面影响，进而导致心理疾病的产生。可以说，我们当中有很多青少年都曾经在挫折上栽过跟头，更有极端者可能一辈子都会生活在挫折的阴影里。因此，挫折现在已经成了影响我们青少年身心健康的重磅炸弹，不能不引起我们的重视。

赵洪涛，某高中高一学生，他在班里担任学习委员，这是因为他的中考成绩在全班排第一，所以老师就安排他当学习委员，想让他在学习上成为全班的带头人。赵洪涛走马上任后，一直干得很好，不仅能够搞好自己的学习，而且还对许多学习不好的同学给予了很大的帮助，让班级的总体成绩得到了进一步提高。俗话说，老虎也有打盹的时候。这次期中考试，赵洪涛因为整天忙着为同学补习功课，而没有时间复习，以致他这次考试的成绩在班里排名第二，要知道以前他可是一直占着第一的位置啊！尽管只和第一名差两分，可赵洪涛却仍然觉得无法接受——他是一个自尊心极强的人，各方面都很优秀，从来都不曾有过失败的感觉，这次小小的退步让他感受到了莫大的耻辱。他觉得班里的同学肯定会因此嘲笑他的，他也不配当什么学习委员了，于是主动去找老师辞职。老师当然不会答应，继续担任学习委员的赵洪涛显然没有了当初的热情和积极性，他不再为那些学习不好的同学讲解难题了，因为他认为只有第一名才配辅导同学们学习，而他已经失去了第一名的荣誉。为此，他感到很自卑，整天都在胡思乱想中度过，而且还渐渐地开始有了幻听，总是听见有人在背后议论他，说他不是第一名了还当什么学习委员，他再也无法投入到正常的学习当中去。

　　有人会说,赵洪涛会出现这样的问题,是因为他的自尊心太强,我们肯定不会出现这样的问题。其实,我们想错了。赵洪涛为什么会出现这样的问题?他的自尊心强是一个方面,最重要的还是他太缺乏挫折教育了。如果他曾经接受过锻炼,对挫折有一个正确的认识,将挫折当成一种人生的必然经历,那么,当挫折出现时,他已经有了"免疫力",自然也就不会被挫败。可惜的是,他事先就没有挫折意识,更没有接受过挫折教育,所以才会在如此微小的挫折上栽了个大跟头。其实,这也正是我们这些青少年的现状,我们普遍缺乏挫折教育,所以等真正的挫折突如其来时,我们总是会被挫折给困住,茫然无措。

　　因此,我们要呼吁学校和家庭对我们进行挫折教育,提前为我们打上预防针,这样等挫折真正出现时我们就有了足够的抵抗力。

在挫折中成长

挫折性人格简介

我们青少年时期正处于独立人格的形成期，这个时期最危险，各种不稳定因素都有可能影响到我们的健康人格的形成，尤其是各种各样的挫折会让我们形成不同的挫折性人格。青少年常见的挫折性人格主要包含以下几种：

(1) 自卑与怯懦型

有这种人格的人往往有以下一些表现：言行举止怯懦紧张，说话总是结结巴巴的；很自卑，认为自己什么事情都做不好，所以在学校里表现得很消极，有集体活动总是找借口躲开，就怕在活动中出丑引来同学的嘲笑。这种人格的形成大多是因为曾经历过不小的失败，或者曾长期受到别人的轻视而对自己失去了信心，内心充满了强烈的自卑感。

针对这些状况，我们需要从培养自己的自信心开始。我们可以先做一些力所能及的事情，小小的成功也会给我们带来鼓舞和动力，让我们对自己有一个全新的认识："原来我并不是什么都做不好，我也可以成功的。"这样我们就有信心去尝试着做各种事情了，自卑与怯懦也就离我们越来越远了。

(2) 神经过敏型

有这种人格的人常常表现出如下几方面的特征：情绪不稳定，很小的一件事也能让我们耿耿于怀；胡思乱想，把别人无意中冒犯自己的行为看成是别人的故意行为；一件在别人看来很平常的事情却能在我们这里引起轩然大波，所以这种人总是很情绪化。

针对这种情况，我们可以给自己一些积极的心理暗示。当想要发脾气的时候，我们就试着在心里不断提醒自己要冷静，让自己的情绪先稳定下来。如果能够经常这样做，我们就能慢慢改掉这种神经过敏型人格。

(3) 狂妄型

有此类人格的人往往有如下几种表现:片面地夸大自己的实力(或许我们确实比较优秀,但对自己的定位却远远超出了我们的实际能力),总把自己看得很高,一副唯我独尊的样子;总是很任性,刚愎自用,不接受别人的意见或建议;喜欢在同学面前表现自己,好逞强、显摆。其实,我们是外强中干,经不起大风浪的冲击。

针对这一类型人的特点,我们可以通过摆正自己的心态来改善。我们不妨尽量低调一点,把自己的姿态放得低一点。对自己的要求不要太高,正确地估量自己的实力,不要总拿自己的长处和同学们的短处比,要多看看自己的短处,多找找别人的长处,欣赏同学的优点。要认识到自己并不是样样都行,自己和同学在某个方面还是存在着差距的,不要将自己看成是无所不能的人,这样我们就不会再如此地狂妄自大了。

(4) 自私狭隘型

该类型人格往往表现为:心胸狭窄,总爱和同学斤斤计较,因为一点儿小事就和同学闹翻天;喜欢将自己的想法强加到别人身上;能被不值一提的小事惹得怒不可遏,所以总是一副闷闷不乐的样子;对人比较冷漠,将同学之间的友情看得很淡;认为人与人之间都是相互利用的,所以在狭隘的看法中往往明显地透露出世故与功利的思想。

针对这些情况,我们首先要学会敞开自己的胸怀,凡事多往好的一面想想。"海纳百川,有容乃大",对自己、对他人都要宽容一些。多欣赏欣赏这个世界的美好,要相信虽然由于立场的不同,可能每个人多多少少都会有点儿自私,但大家都是本性善良的人。我们要是能做到这些,用不了多久,狭隘、自私就会从我们身上消失了。

都是压力过大惹的祸

　　由于我们现在的青少年绝大多数都是独生子女，在家里被父母照顾得舒舒服服——父母总是很乐意替我们张罗一切，用他们自己的话说："只要你把学习搞好就行了，其他的事情不用你操心，有我们呢。"可是，这样真的就万事大吉了吗？显然不是。事实上，这样不仅不是在帮我们，而且还在无形中给我们造成了很大的压力，使我们不能很好地投入到学习中去，等到有一天压力大得超过了我们的承受极限后，就会导致各种各样的心理问题的产生。

　　邵波是名初中三年级的学生，今年就要参加中考了。父母原本就对他呵护备至、关爱有加，这下更是将他当成了重点保护对象。邵波本来平时就没有干过什么家务，只是偶尔整理一下自己的房间而已，可现在父母连整理房间都不让他做了。他们将邵波每天的时间制成了一个详尽的明细表贴在他的房间里，将他每天在家里的时间规定得死死的，而且还将"一定考上某某重点高中！"的条幅挂在他的床头。每天生活在这样的环境里，邵波感到压力很大，经常有一种乌云压顶的感觉，压得他喘不过气来，可是，为了不辜负父母的一片苦心与殷切希望，他每天还是强迫自己按照父母的规定去学习。刚开始还奏效，但最近他却怎么也强迫不了自己按部就班地去做了——随着中考一天天的临近，父母对他的要求也更严苛了，甚至连吃饭都不让他出书房一步，都是由父母为他送，这让本来就压力很大的邵波感到再也无法承受了。现在，他只要一看见书，就会感到心慌、头晕脑涨，再也无心学习了。为此，他不得不放弃中考，放弃学业。

面对升学的压力，每一个经历过中考、高考的青少年朋友都会对邵波的痛楚感同身受，因为我们也都有过类似的经历。尽管我们的父母可能不会像邵波的父母那样严苛，但望子成龙是天下为人父母者的共同心愿，他们对我们永远都满怀期望。因此，我们一定要多加注意，不能像邵波那样一味地承受，最终让压力成为我们人生道路上难以战胜的挫折。那么，就让我们从现在起学会缓解压力吧！在这里，有两点建议供大家参考：

（1）**制订并执行适合自己的学习计划**。很多同学之所以在学习上会感受到父母的巨大压力，是因为我们平常就不善于制订自己的学习计划，总是父母说让我们学到什么程度，我们就学到什么程度；父母让我们考第几名，我们就朝着第几名努力。这样一来，我们就会在学习上也对父母产生依赖心理，自然就会无条件地去执行父母的所有命令，这只会让自己的压力越来越重。所以，我们最好制订适合自己的学习计划，独立安排自己的学习时间，将父母的意见当做参考。这样，我们也就不会有太大的压力，也不至于被压力压垮了。

（2）**让大脑保持适度的紧张**。我们在平时就要养成良好的习惯，既不能让自己的压力太大，也不能让自己太过轻松。如果认为只有到考试的时候我们才需要紧张起来，那就错了——届时，我们可能会因为压力的突如增大而无法承受，最终产生挫折心理。因此，我们要在平时就让自己的大脑处于一种适度紧张的状态。

168

挫折造成敏感性格

　　成兰心是初二的学生，从小就生活在恶劣的家庭环境中，爸爸妈妈经常为了一件小事争吵不休，谩骂不止，甚至还经常大打出手。每次爸爸妈妈发生冲突时，成兰心都会躲在一个角落里用怯生生的眼光看着他们，感到既难过又害怕，难过的是父母频繁发生冲突，对她不理不睬；害怕的是他们总有一天会离婚，谁都不要她了。结果，她越担心，冲突发生得越频繁，时间一长，她成了惊弓之鸟，内心充满了恐惧，性格极度敏感。有时候，屋子里有什么声音，她都会吓得大叫起来。后来，父母到底还是离婚了。虽然再也看不见、听不到父母吵架了，但成兰心的敏感性格并没有因此改变，反而随着年龄的增长越来越严重。和同学们在一起的时候，她总是担心这担心那的，不能全身心地放松下来和同学玩；而且同学和她说话，她总会反复猜想人家话的背后到底是意思，本来同学明明只是单纯地和她聊天，可是经她一想，什么都变味了。慢慢地，她觉得每一个同学都对她有偏见，甚至觉得连老师也是这样。

　　由此可见，是不和谐的家庭环境让成兰心从小就生活在挫折之中，让她的心理渐渐地由恐惧转化为敏感，而这种敏感心理对她自身的健康成长和人际交往都是极为不利的因素。就社会目前的情况来看，像成兰心这样从小生活在恶劣家庭环境中的孩子不在少数，他们大多都会形成程度不同的敏感性格。如果不能彻底改变这种敏感性格，很难确保我们青少年的健康成长。因此，我们有必要从以下几个方面来调整自己，以改变因家庭挫折而形成的敏感性格。

　　首先，保持一颗乐观的心。我们要让自己做一个快乐的人，每天多想一些开心的事情，尽量多参加集体活动，让大家的快乐来感染我们。这样，当我们开心地融入到集体中去后，会觉得什么烦心事都会离自己远去，这个世界上还有很多值得高兴的事情。如果我们能够经常让自己过得很开心，没心思胡思乱想,耽于痛苦,那么我们的性格慢慢也就不会那么敏感了。

其次,凡事多往好的方面想。我们的敏感性格主要表现为经常将事情想得很坏,宁愿相信事情阴暗、丑陋的一面而不是光明美好的一面。比如,本来同学们说话做事完全没什么恶意,甚至是好意,想要帮助我们,却会被我们想象成是故意针对我们,或者对我们有什么不良的企图。因此,我们应该凡事都要往好的一方面去想,如果长时间坚持这样的思想,我们的敏感性格也就会渐渐变正常了。

最后,当挫折出现后不要恐慌,不要畏惧。敏感性格大多都是由挫折造成的,所以我们要学会正视挫折,冷静地思考解决问题的办法,我们不要被挫折左右了,而应当驾驭挫折,战胜挫折。这样,我们自然就不会形成敏感的性格了。

挫折让心灵的天空黯然无光

　　我们身边也许会有这样的同学：他们不爱说话，言行举止异于常人；和他们聊天会发现，他们的想法比较偏激，内心充满了仇恨，只要谁得罪了他们，他们会在心里诅咒人家，而且经常想方设法地整那些得罪他们的人，并以此为乐。这样的同学就属于心理阴暗型的，让周围的人都对他们敬而远之。而他们之所以会这样，通常是因为曾经受到过较大的刺激或经历过重大的挫折。

　　张鹏志是名高二学生，在班里很不合群，向来都独来独往，班里的同学也都不敢接近他，原因是怕他那双充满杀气和恨意的眼睛——似乎全天下的人都是他的仇敌一样。不仅如此，他还经常在班里寻衅滋事，不是今天将这个同学打一顿，就是明天对那个同学使坏，让同学出丑。所以班里的同学背后都叫他"大魔头"，谁见了他都躲着走，就怕一不小心惹到麻烦。其实，张鹏志原本也是个心理健康的孩子。刚升入高一的那一年，由于不太适应高中的学习，张鹏志在班里的成绩不是太好，因此常会受到一些冷嘲热讽和打击。老师不是说他笨就是说他这样考大学肯定没希望，同学们也都说他智商低。刚开始，张鹏志还想要下苦功夫将学习成绩提上去，以此来改变老师和同学们对自己的看法，但后来他对自己彻底失望了，觉得在全班同学面前丢尽了脸面。他开始自暴自弃，并开始仇恨老师和同学。而且他变得易怒、暴躁，经常挥舞着拳头向周围的人示威，并扬言如果被他知道有谁再说他笨或者智商低之类的坏话就杀了对方。

　　很显然，张鹏志目前的处境十分危险。那么，究竟是什么让张鹏志的心理变得如此阴暗、狂躁呢？这跟他的老师和同学有很大的关系——老师用了错误的方式教育学生，让张鹏志觉得自己受到了侮辱；同学的言词也许纯粹是开玩笑,但却让他觉得自己受到了鄙视。如此一来,他总是得不到认可,渐渐地在心里产生了怨恨,并走上极端的心路历程,从而导致他的阴暗心理的形成。这样的学生如果不好好教育,改变自己的阴暗心理,即使在学校里不会惹出乱子,将来走向社会也会很容易出问题。

所以,我们必须及时想办法有效地改善这种心理。由于这种心理障碍比较严重,我们最好向心理医生求助,让他们来对我们的阴暗心理进行剖析,从而帮助我们走上健康的心理轨道。

挫折让我们自伤

谢欣欣是某中学初一的学生，刚刚从小学升入初中的她稚气未脱，活泼可爱，在班里很受欢迎。有一天，班里发生了一件不愉快的事情。大家刚刚上完体育课回来，班里的王晶突然说："我放在抽屉里的十块钱怎么没了？"因为当时大家都去上体育课了，只有谢欣欣因为头疼向老师请了假，一个人在班里休息，于是，她自然也就成了大家的怀疑对象。所以，当即就有同学说："看着她平时挺活泼可爱的，可没想到原来她是'三只手'，人果真不可貌相啊。"谢欣欣心里本来就很难过，听了这句话后脑子轰的一下就大了，觉得自己很冤，受到了极大的侮辱。她当时都不知道自己是怎么跑回家的，回去以后，她就找来水果刀将自己的手腕割破了，幸好被当时在家的妈妈发现得早、医治得及时，才得以保住生命。后来，王晶在拿自己的语文课本时，竟然在那里掉出了十块钱，她这才知道冤枉了谢欣欣，便向大家说明真相，并登门道歉。尽管如此，可这件事却已经在谢欣欣的心里形成了很大的阴影。她不愿出门，也不想再去学校，更不想再见到曾经怀疑过她的同学。与此同时，她开始变得忧郁，自闭，并有自杀倾向。她的爸爸妈妈不得不带她去看心理医生。

因为一个小小的误会就自杀，也许很多大人都不能理解，然而，这是我们现在这些青少年心理脆弱的一个折射。我们的心理太脆弱了，以致承受不了任何的挫折，一次小小的打击都会成为我们生命中不能承受之重，都会让我们产生自残甚至自杀等过激行为心理。我们这样做其实是对生命的一种轻慢和不负责任，会对我们的家人造成很大的伤害，一旦悲剧真的发生，我们后悔都来不及。所以，不管什么时候，不论遇到什么样的挫折，我们都应该对自己负责，珍惜自己，珍爱生命。

首先，要懂得负责。我们之所以会轻易地轻生，是因为我们还不懂得负责任,不懂得为自己的生命负责,不懂得为生养我们的父母负责。如果我们懂得自己肩上的责任,懂得生命,那么我们就不会做出如此轻率的举动,至少在我们有所举动之前会比较理智地思考一下有关责任的问题。

其次,坚持自我。有时候,我们之所以会想不开,就是因为我们太在意别人的看法了,总是活在别人的意愿中,受别人的左右——别人对我们有不好的评价,我们马上就会去改变;如果改正不了,我们就很容易产生挫折感甚至心理障碍。俗话说:"走自己的路,让别人说去吧!"因此,我们一定要活出自我,不要轻易受他人的影响。

最后,要学会承受与忍耐。我们大多数青少年的承受力都比较差,一点儿风吹草动都能给我们带来草木皆兵的感觉,一点儿小障碍也能让我们一蹶不振。所以,当较大的挫折到来时,我们会因无法承受而选择自残或者自杀等过激行为来寻求解脱。小不忍则乱大谋。我们应该学会承受,学会忍耐,然后跨越每一个小小的障碍,这样积累起来对我们跨越大的障碍会很有帮助。

挫折将我们推向犯罪的深渊

　　王皓是高三的学生，最近他迷上了网络游戏，网络上的打打杀杀让他忘记了自己的现实身份和责任。他每天只想着玩游戏，再也不想学习了。有时候，为了玩游戏，他竟然整天逃课去网吧。刚开始，他的妈妈还以为他每天都去学校上学了，然而有一天，妈妈路过学校时就进去向老师询问王皓的近况，结果听老师说王皓最近经常请假，说是家里有事。妈妈这才知道原来王皓每天并没有在学校，回家后追问很久，才知道他迷上了网络游戏。妈妈严厉地训斥了他，禁止他再到网吧去，并每天都把他看得死死的，为此，她还专门请了假每天到学校去监督王皓。可是，王皓的心思已经不在学习上了，为了玩游戏，他常常半夜里偷偷地跑出家去网吧。后来有一次，妈妈早上起来发现他不在家，就直接到网吧去找他，并当众打了他一巴掌。这之后，王皓虽然不敢再到网吧去了，却因此而开始记恨妈妈，觉得是她管得太严，不仅不让自己上网，还当众羞辱自己。他想起网络游戏中的血腥场面，就想把妈妈这个"障碍"给除掉。幸好妈妈在他的日记中发现了他的危险倾向，及时带他去看了心理医生，让他及时得到心理治疗，才避免了一场灾祸的发生。

　　悲剧虽然没有在王皓身上上演，可是，王皓的心路历程还是让我们感到事情的严重性。王皓不能忍受妈妈的严厉管教，竟然产生了杀死生养自己的母亲的犯罪心理，这违背了中华民族传统的美德。事实上，现在有一些青少年也像王皓一样，因为一点小小的挫折就感到无法承受，并在心里产生犯罪动机。因此，我们千万不能忽视挫折给我们青少年带来的不利影响。从目前青少年因挫折而犯罪的案例来看，挫折引发的青少年的犯罪动机主要包括以下几种类型：

　　(1) 报复社会型。 我们青少年在学习或生活中遭遇到了不公正的待遇

（比如，我们受到了某个同学的欺负，本应当得到老师和同学们的支持，可是老师和同学偏偏误解自己，或出于各种各样的原因有心偏袒对方，还替本应受到批评的同学说话），这就很容易让我们产生心理不平衡，严重的就会产生报复社会的心理，想让那些误解自己或者偏袒坏人的人都受到应有的惩罚，这样的犯罪动机在青少年的犯罪动机中占有很大的比重。

（2）贪图享乐型。我们有些青少年从小家境就比较富裕，所以养成了好吃懒做的坏习惯，在生活上依赖性很强，不能自立，缺乏吃苦耐劳的精神，一旦生活陷入困境，就会感到无所适从，并丧失生活的信心，为了生存并继续享乐，不得不走上犯罪的道路。

（3）丧失志向型。有些青少年由于从小就生活在问题家庭里，家庭的变故给他们的心灵上造成了很大的创伤，让其从小就经历着种种挫折和磨难，而他们又从亲情中得不到慰藉，所以就会很失落，久而久之，思想上也就麻木了。这样的青少年很容易和社会上的一些不良少年混在一起，并在其引诱和唆使下最终走上犯罪道路。

失败是当头一棒

可能我们都有过类似的经历：一件不顺心的事情会给我们带来很大的影响，尽管有时候是一件琐碎的小事，却会影响我们好几天。这在我们青少年身上是普遍存在的。由于我们缺乏应对挫折的能力，一点儿小困难都需要我们绞尽脑汁地去解决，有时候甚至无论我们多努力都解决不了，更不用说是一次大的失败了。对于我们青少年来说，失败无疑是当头一棒，经常会让脆弱的我们因此而一蹶不振。

蔡文娜，某高中二年级学生。她曾是班里的班长，尽管平时在家里娇生惯养，可她对工作却认真负责，每次都能尽职尽责地做好工作。可是，大家并不认可她，这让她备感失落，心情经常因此很差，也不知道该如何处理好和同学们之间的关系以及自己的心情。正当她为此烦心时，班里又举行了一次班干部的竞选活动，她不仅没有被选上班长，而且连其他职务也没有当上。这让她十分不甘，毕竟从小学到现在自己一直都是班干部，工作能力很强。因此，她把这次的失败看作一大耻辱，怎么也想不通自己究竟输在哪里，非常痛苦，甚至开始怀疑自己是不是做人太失败了。她整天想一些乱七八糟的原因，就像霜打的茄子一样，提不起精神，上课总是走神，无法好好学习。

蔡文娜一直担任班干部，按理说应该很坚强，可当真正的挫折出现时，还是经受不住打击，不知道该如何处理。我们又何尝不是这样呢？我们的耐挫力一点儿都不比蔡文娜强，当不可预知的挫折出现后，我们也一样脆弱，不堪打击，变得颓废起来。所以，当务之急是尽快提高我们的耐挫力。

(1) 为自己设置一些障碍。如果我们的生活太过顺利，那么我们的耐挫力自然就不会很很强，甚至根本就不具备耐挫力，当挫折突然袭来时，我们自以为是的坚强就会轰然坍塌。所以，在顺境中，我们最好给自己设置一些障碍，让自己在一次次的突破中成长。比如，我们可以为自己找一些比较难的题目来做，通过错误来认识自己的不足，从而督促自己更好地学习；也可以故意选择一件比较难做的事情去做，这样我们就能够从失败中体味到挫折，然后再通过自己的努力去战胜挫折。如果我们能够经常这样锻炼自己，那么我们的耐挫力就会得到很大的提高。

(2) **冷静地面对挫折**。很多时候，挫折"从天而降"，我们会因其突如其来而失去理智，不知所措，根本就没有想到可以通过自己的努力来战胜挫折。于是挫折在我们的想象中变得越来越难以战胜，我们或者干脆就放弃，或者坐等别人来解救我们。但是，这些都对提高我们的耐挫力没有任何帮助。因此，我们要学会冷静地面对挫折。尽管通过自己的努力，我们可能仍然无法战胜挫折，但至少我们没有被挫折吓倒，也努力地尝试去解决了，积极地去面对了，这样的经历和经验对提高我们的耐挫力是很有帮助的。

脆弱的虚荣心

田甜今年刚读初二，豆蔻年华，正是爱美心切的年纪。她每天都将自己打扮得像个小公主，在班里出尽了风头，惹得很多女生都非常羡慕她，她自己也自我感觉良好，对人说话总是一种居高临下的口气。尽管如此，大家还是愿意和她一起玩，也没觉得每天她对同学呼来唤去的有什么不妥。田甜还经常在同学们面前炫耀自己的家庭，说自己在家里吃得如何好，长辈们如何疼爱她，还说自己的父母在单位里都是权势非常大的领导。这引得同学们更羡慕她了，她的虚荣心也得到了极大的满足。初二下学期开学时，班里转来一位女同学，叫苏文珊，和田甜原来是小学同学，而且她爸爸和田甜的爸爸在同一个单位上班，所以她对田甜的情况非常了解。有一次，她不小心说漏了嘴，将田甜的爸爸是锅炉工的事情给说了出去。同学们都感到很惊讶，原来田甜一直在欺骗他们，便不再相信她的话了。田甜顿时无地自容，而且再也没有以前那样风光了，这使她的虚荣心受到了很大的打击。此后，她变得神经兮兮的，总觉得所有人都在嘲笑她，想到这些，她的脑袋就会疼得快要炸掉了。

虚荣心给了田甜快乐，也将不快带给了她。如果她不虚荣，自然也不会对爸爸的职业那么在乎，虚荣心的作怪让她不能正视自己的家庭，让她想用谎言来掩盖事实，以便满足自己的虚荣心，殊不知谎言总有被揭穿的那一天。其实，虚荣心普遍存在于我们青少年身上，只不过我们没有感觉到罢了。比如，我们和同学在衣着上攀比其实就是一种虚荣。所以，我们应当对虚荣心的危害性有一个清醒的认识，从内心里就拒绝虚荣。我们不妨这样做以摒弃虚荣，远离因虚荣心而产生的受挫感：

(1) 客观地认识自己。 对自己的优点和缺点有一个正确的认识，不要过高地看待自己,也不要将自己看得太低。不要为了彰显自己的优点而掩饰自己的缺点,否则,只能让我们的虚荣心越来越膨胀,直到有一天超过了一定的极限就会出问题。所以,做到客观地认识自己,给自己正确的定位很重要。

(2) **不要盲目地和同学比吃穿用度**。我们要有正确的比较心理——作为学生,我们应当和同学比学习,比做人,而不应当攀比吃穿用度。否则,攀比只会增强我们的虚荣心,使我们整天想尽各种办法来满足自己的虚荣心,而将学习丢到一边。因此,我们应当有正确的比较心理。

在挫折中成长

180

轻度的心灵创伤不容忽视

郑晶华，15岁，初三年级学生。她在班里人缘特别好，男生女生都愿意和她玩，不仅如此，她学习也很棒，每次考试从来都排在班里前五名之列。然而，最近她却有意和班里的女同学疏远，见了她们像见了瘟神一样，脸色苍白，慌忙走开。为什么会这样呢？究竟发生了什么事？原来，前几天，班里的几个女同学为了急着去看一部大片，所以她们就来找身为纪律委员的郑晶华，想让她网开一面，允许她们晚自习的时候早走一会儿，谁知郑晶华不同意。但是这几个女生想，她们平时和郑晶华的关系不错，就是直接走了她也不会去老师那儿打"小报告"的。于是，一群小女生就擅自在晚自习上了二十分钟以后溜去看电影了，结果郑晶华尽职尽责地将她们逃课的事告诉了班主任。这是几个逃课的女生都没有想到的，于是，她们就认为郑晶华是爱告"黑状"的小人，而且还总在背后对郑晶华指指点点的。郑晶华觉得自己并没有做错任何事，却实在受不了女同学对自己的敌视。她感到很苦恼，害怕见到女同学。

郑晶华的这种心理状况在医学上叫做心理障碍，这主要是由于心理活动中出现轻度的创伤而造成的。郑晶华受到了班里女同学的敌视，让她在人际交往中遭受了挫折，进一步引发了她的心理疾病，让她对女同学产生了心理障碍。当然，并不是只有人际交往的挫折才会造成我们的心理障碍，还有很多其他方面的因素，比如考试等，这会在很多方面都对我们造成不利的影响，所以，我们一定要慎重对待自己的心理障碍。由于它只是一种暂时性的局部异常状态，只要我们能够及时地对自己的这种心理进行调适，相信很快就可以康复了。调适心理障碍的方法还有很多种，我们可以根据自己的具体情况来对症下药：

（1）**自我安慰**。当我们在人际关系或者其他方面受挫后，我们不要太过悲观，而应该这样想：同学只是暂时误解我，不理解我的苦心，等以后他们就会慢慢地理解我当时的做法了；或者想：这次的考试并不是很重要，成绩没考好说明我的努力还不够，幸好不是升学考试，我还有努力的机会。如果我们能够这样来看待问题，那么很多事情就都能轻松解决了。

（2）**宣泄情绪**。如果感到有些事情实在想不通，我们不妨找个途径宣泄一下内心的不快。比如，我们可以找一个比较空旷的地方，然后对着远处大吼几声，这样积压在我们心头的闷气就会被宣泄出来，我们就会感到很轻松。所以，在心情郁闷时，我们干脆对自己来个彻底的"放纵"，这也不失为医治心理障碍的好方法。

有一种固执叫偏执

　　王洪岩是名高二的学生,在班里各方面表现都很一般,学习成绩也并不突出, 然而他却是全校闻名的风云人物——王洪岩是到校领导那里告状告出名的,几乎每一次考试成绩公布后,他都要到校领导那里去告老师的状。他为什么会如此嚣张呢?原来,在高一的一次考试中,英语老师给他判错了一道题,结果少给了他两分。卷子发下来以后,王洪岩马上发现了这个错误,就立即去找英语老师纠正,使他的成绩又加上了两分。不过,王洪岩并没有因此而善罢甘休,相反,他认为英语老师是因不重视自己才判错了自己的试卷的,是故意这样做的,他觉得这对他太不公平了,所以,他越想越气不过,索性到校领导那里去告了英语老师一状。出于教学管理方面的考虑,校领导给他作出了比较体面的答复。但出人意料的是,他因此而得寸进尺,每次考试后,都要去找校领导告状,说老师偏心眼,给自己判的成绩都不是自己的真实成绩,弄得很多老师见了他都哭笑不得,而他却像走火入魔一样,固执地坚持着自己的想法和做法。

　　王洪岩的这种心理是比较典型的偏执心理。按理说,每次考试,老师都要批改许多试卷,出现错误是在所难免的,有错误改过来了,事情也就了结了,即使不改也没什么大不了的。然而,王洪岩却将这种偶然看成必然,将老师的无意之举视作故意行为,将这种故意无限地夸大,时间一长,他就形成了偏执心理,遇见什么事情时都固执地坚持自己的看法。事实证明,如果我们有这样的心理是比较麻烦的——偏执心理具有相当强的稳定性,一旦形成,要想矫正比较困难。所以,我们应该及时地调节内心和情绪,从不同的角度和立场看待发生在我们身上和身边的问题,以校正偏执心理并有效地阻止其产生。具体的调节方法我们可以参考如下两种:

　　(1) 用反推法来论证并推翻自己的想象。一般偏执心理都容易将别人想象成"坏人"，容易把事情的发展方向往坏的方面去想。所以，针对这种情况，我们可以从相反的方向进行反推，从而论证自己的想象。比如，如果我们认定是老师故意判错试卷和成绩，那么我们可以从老师故意改错题来推，推出老师这样做的目的，然后我们就会发现老师根本没有任何目的要这样做，那么我们就会发现自己的想象是不成立的，这样我们也就不会再固执地坚守自己的错误想象了。

（2）**多替他人着想**。偏执心理往往表现为只注重自己的利益，所以我们根本就不会去考虑当时对方是处于什么样的心境、又在什么处境下才做出了那样的举动的。如果我们能够为别人想一想，那么我们或许就能理解老师为什么错判了我们分数——老师当时批阅了那么多份试卷，甚至可能连晚饭都没顾得上吃，到了深夜还在灯下批改试卷，老师辛苦了一天难免会出点小差错，这是很正常的，并不是老师故意的。想到这里，我们就会原谅老师，不会再那么任由自己的思想偏执下去了。

一朝被蛇咬,十年怕井绳

不知道我们有没有遇到过这种情况:在某方面失败过一次后,我们就会对这个方面特别关注,即使确定没有错误,也还是会一遍一遍地关注;我们也不想这样做,但就是身不由己,我们的大脑偏要指挥着我们的身体去重复做一件事。其实,这是挫折带给我们的另一种心理疾病,在医学上称为强迫心理。"一朝被蛇咬,十年怕井绳",这就是强迫型心理的一个写照。

李铮是初三毕业班的学生,面临日益临近的中考,学校里经常组织摸底考试。上个月的摸底考试,李铮的数学考得特别差,勉强名列中游。试卷发下来后,他发现那些做错的题都是自己会做的,当时觉得很容易,也就没有仔细核算每一步,而且,尽管做完试卷还剩很多时间,他却没有检查就直接交卷了。结果出现这么大的失误,他感到很后悔,要不是自己的马虎和不检查也不至于将自己的强项考得这么差,他有些无法接受这样糟糕的事实,毕竟自己的数学成绩一直是班里最好的。郁闷了一段时间后,他又重新投入到新一轮的复习当中去。很快,又到了月考的时间。考数学之前,李铮暗暗告诫自己这次一定不能马虎,做完了一定要仔细检查。结果,他在做完每一道题后都检查好多遍,即使已经做到了后面的一道题,还是会不放心地再回过头来检查前边的题。如此一来,他耽误了很多时间,结果到考试结束时他还有好几道大题没做,成绩自是不言而喻的了。没想到这却成了恶性循环,他的数学成绩再也没有提上去过。

一次考试失误,让李铮在答数学卷子时表现得过分谨慎。尽管他已经确定自己做对了,但还是会不放心地回过头来检查好多遍,他也不想那么做,却实在控制不住自己,没办法停止自己正在做的无用功——他已经患上了心理强迫症。其实,我们也不要笑李铮,我们每个人身上都有强迫症的影子,只不过很轻微而已。这种病症在其初期比较轻微的时候并不会对我们有多大的影响,但当它发展到了严重的地步时就会形成一种心理疾病,对我们的学习和生活造成很多不利的影响。所以,我们应该在强迫症出现初期就对它进行及时的治疗,以下有两种治疗方法可供参考:

(1) **不要对自己进行心理暗示。** 有这种强迫心理多半是因为自己频繁的心理暗示,比如上次在这个地方失误了,我们这次就会在心里不断地提醒自己要尤其注意这方面,这样的提醒多了,就容易形成强迫症。所以,我们不要对自己进行心理暗示,只要在做事情的时候做到认真细心就行了,没有必要一遍一遍地提醒自己来加重自己的心理负担。

(2) **学会转移自己的目标。** 当强迫心理出现后,如果我们还把注意力都集中到这件事情上,那么我们的强迫症就会越来越严重。因此,我们要学会转移目标,把自己的注意力集中到其他事情上。比如,在考试的时候我们可以向窗外比较远的地方看一会儿,或者做几个深呼吸来转移自己的注意力。等注意力转移以后,随着自己有意识的不断放松,时间一长,我们会发现自己的强迫症明显好转甚至已经不存在了。

在挫折中成长

从腼腆学生到问题少年仅一步之遥

罗自华刚读初二，别看他年纪小，却争强好斗，总在班里和同学们打架，有人说他攻击性太强。其实，以前的他并不是这样子的。刚上初一的时候，他在班里还是个腼腆的孩子，见人总是笑呵呵的。后来，在一次值日的时候，他和同班同学马涛发生了点儿小冲突，被马涛一拳给打蒙了，不知道该怎么办，只是呆呆的任由鼻血往外流。后来，还是他的好朋友带他到医务室进行了止血处理。在去医务室的路上，他的好朋友恨铁不成钢地说："你怎么那么傻啊？他打你，你怎么不还手啊？你不知道'人善被人欺'吗？你这样软弱，等下一次还得吃亏！"听了朋友的一番话，他觉得确实挺有道理。此后，他就像变了一个人似的，开始对人"不客气"起来。以前经常有人跟他开玩笑，现在已经没人敢跟他开玩笑了，因为他随时都可能翻脸，而且只要他不顺心，再有"不开眼"的同学自己撞到枪口上，他就会对同学大打出手。他不仅和班里的同学打架，还在公共场所向一些并不相识而他看不顺眼的同龄人挑衅。他现在已经成了标准的"刺儿头"了，这让很多同学都害怕见到他。

一个腼腆的孩子变成了一个攻击性强的问题少年，罗自华前后的变化的确很大，这是很让人痛心的事情。这种转变在我们青少年身上也不是种罕见的现象。我们常常会因为一次挫折而性情大变——在青春期，我们的心理很不稳定，想问题也不够全面，极易受外界因素的影响，内心很容易发生翻天覆地的变化。因此，为了防止我们因挫折而产生攻击性心理，进而出现攻击性行为，我们可以从以下两个方面来调适自己的心理：

（1）**正确地解决和同学之间的矛盾。**之所以会对同学大打出手，主要是因为我们不会正确地解决与同学之间的冲突，在冲突发生时表现得很不理智。其实，当和同学发生冲突时，我们应该心平气和地与对方讲明道理，如果是自己的错误，就应当及时地向对方道歉，等矛盾被激化了才想着这样做就晚了；如果对方错了，对方要是道歉，我们就大方地接受，"一笑泯恩仇"，要是不道歉，我们也不必斤斤计较，君子"有容乃大"嘛。所以，我们在平时可以多看一些交际方面的书，掌握一定的交际技巧，并注意修身养性，这些都可以用到化解矛盾上。

(2) **对待同学要大度**。我们之所以会和同学发生冲突，很多时候都是因为我们太小气——别人无意间冒犯了我们，我们都会耿耿于怀，对别人大打出手。这样看似我们显示了自己的威风，其实也是在纵容自己，让我们的脾气越来越暴躁，让我们的攻击性心理越来越严重，这对我们没有任何好处。所以，我们对待同学要做到大度、宽容，不要因为一点点的小事就和同学闹得不可开交，记住"得饶人处且饶人"。

第七章

找回健康的自我

——青少年异常心理及其治疗

矛盾是青春期最突出的心理特征，当矛盾无法协调统一的时候，青少年就会产生逆反心理和逆反行为，将内心的矛盾（即成熟与幼稚、独立与依赖、成就感与挫败感等心理矛盾）表现出来。故意和家长作对，和老师唱对台戏，把班干部视若眼中钉，死党变成死敌，离家出走，有意违反校纪班规……青少年通过各种逆反行为来表达自己的意愿和心理感受。及时并正确引导这些逆反行为有利于帮助青少年顺利渡过青春期的心理沼泽，并有助于其找回真正的自我。

青春期最突出的心理特征叫"矛盾"

步入中学,我们不仅在学业上又登上了一级台阶,在生理和心理上也从儿童变成了少年,踏入了青春期。这时的我们在形体上更接近于成人,在心理和思维上更向成人靠拢,心中也有了类似于成人的愿望。我们在内心不住地欢呼:"我长大了,我是大人了!"可是有一天,当现实突然卸下华丽的外衣而以本来面目出现在眼前时,我们猝不及防,一下子就蒙了,等清醒过来就会意识到"我并没有长大"。是的,这时的我们并没有真正长大,只是正在从幼稚走向成熟而已,各方面的经验都还很缺乏,内心还经常处于矛盾冲突之中。

乔远是一名初二的学生,不仅学习好,而且下象棋、围棋和打篮球都很出色,从小就一直受到周围长辈们和老师的赞扬,受到同龄人的羡慕。久而久之,他养成了争强好胜的习惯,不管是游戏还是比赛,都必须赢过别人心里才会舒服。有一次,他在小区里和一位大哥哥下象棋,没想到他这位"常胜将军"一输到底。大哥哥无意中指正了他几步错棋,他就认为对方是在嘲笑自己,急得脸红脖子粗,不仅掀翻了棋盘,还要与对方动手。回到家以后,他好几天都闷闷不乐,甚至还发誓再也不摸象棋了,妈妈怎么开导都不行。

这是乔远自负和自卑的矛盾心理作祟导致的结果。在小学时代,我们总是天真地接受别人所有的评价,而成为初中生的我们开始学着自我评价。这种自我评价可能是依据别人对自己的态度,也可能是与自己相似的人作比较后而得出的结论,或者完全是自己臆测的自我分析和评价。这些评价具有相当强的主观性和片面性,很容易发生变化。乔远因为经常受到他人的夸奖而自负,认为自己就应该是"常胜将军",不允许有任何的失误或失败,否则就可能会因经受不住打击而一蹶不振。乔远从下象棋表现出来的自高自大到经历失败后的妄自菲薄似乎只有一线之隔，但随着经历类似事情的次数的增多，他会有较多的时间处于自负与自卑的内心冲突之中。这也是青少年普遍存在的内心矛盾之一。

前面章节的论述中提到，我们青少年在青春期主要有四大矛盾心理，分别是成熟与幼稚并存、独立与依赖同步、闭锁与开放并行、成就感与挫败感（即上面所说的自卑与自负）交替出现。种种案例和事实表明，青少年在青春期最突出的心理特征是"矛盾"，当"矛盾"无法协调统一的时候，青少年就会产生逆反心理和逆反行为，将内心的"矛盾"表现出来。

解读逆反心理的心理构成

对于一种现象或问题的认识，每个人在其心理上都具有一个较为稳定的思维方式和自己的价值观。当现实否定了原有的心理观念时，我们的内心就产生了抵触情绪，这就形成了逆反心理。逆反心理是青少年时期最普遍的一种心理。《心理学大词典》对逆反心理作出这样的解释："逆反心理是客观环境与主体需要不相符合时产生的一种心理活动，即具有强烈的抵触情绪。"

青少年的逆反心理，其实质是突出自我的某种需要或尊严，突出自我的独立性或自主性，于是，对他人的不遵从也就表现出来了。

毛毛以优异的成绩升入初中，他暗暗下决心要更努力地学习。在第一天的开学典礼上，校长就强调了不能去网吧的校规。当时，毛毛并没有在意，有一次他遇到难题，还去网吧里上网查询了很多有用的资料。但在每周的班会上，班主任都会强调"不能去网吧"的制度。这让毛毛非常好奇："网吧里有什么不可告人的秘密吗？为什么不能去呢？我去过网吧怎么也没见有什么不好的事情发生呢？"最后，毛毛决定去探个究竟。他把这个想法告诉了班上的几个好朋友，结果一呼百应。放学后，几个人结伴去了网吧。很快，他们开始玩起了网络游戏，一直玩到晚上10点多才回家。第二天上课时，毛毛才想起前一天只顾玩游戏了，作业都没有写，心里很后悔，决心不再去网吧。

没想到的是，他们几个上网的事很快就被老师知道了，并在校园通知栏里贴出了批评通告，这让毛毛等几位同学觉得自己在全校师生面前抬不起头来。放学后，毛毛又鬼使神差地进了网吧，在网络游戏里他感觉特别放松。渐渐地，毛毛迷恋上了上网玩游戏，经常泡网吧，老师批评他也无济于事。结果可想而知：他上课时昏昏欲睡，家庭作业没时间做，不但学习成绩下滑，身体也变虚弱了。

从好学生到网迷，毛毛的转变就是由于青少年的好奇心和逆反心理造成的。逆反心理作为一种特殊的反应态度，是一种心理机制形成的过程。首先是教育的内容引起了青少年的特别注意；其次是青少年把受教育的内容所产生的观点与自己原有的观念加以比较，二者一致时就会感到满足、充实和愉悦，反之则备感疑惑、焦虑和烦忧；最后，不良情绪得不到有效克服和清除时，就产生了逆反心理。

其实，逆反心理的产生是我们成长的见证，是我们独立意识和自我意识形成的必经过程。充分认清逆反心理的构成及其作用，不但能加深我们对逆反心理实质的认识，而且对我们寻找解决对策，并有效预防逆反心理造成的不良影响有很大的意义。

沟通才是硬道理

从心理学角度而言，逆反心理存在于每个人身上，只是程度不同而已，在青少年时期表现得尤为明显，随着年龄的增长会逐渐减退。逆反心理产生的原因有很多，具体说来，分为主观因素和客观因素两方面。

主观因素即青少年自身。青少年时期的这种特殊心理是和其特殊的生理紧密连在一起的。由于青少年的大脑发育正趋于成熟，思维范围越来越广泛，思维方式和视角由童年时期的正向思维向现在的逆向思维、多向思维和发散性思维等方面发展，这些思维方式为逆反心理提供了心理基础。比如好奇心就是思考增多的结果——青少年本身就喜欢新事物、新知识，有些老师、家长禁止青少年做某事，却又不说明为什么不能做。"被禁的果子是甜的"。为了探寻究竟，青少年就将"不要吸烟"、"不要早恋"之类的禁令演变成可以涉足跨越的"雷池"。

与此同时，性发育的逐渐成熟导致性别意识、性意识进一步在心理上产生"断乳"，形成强烈的性意识、独立意识和成人意识。这些意识的形成使他们认为自己已长成大人，自己可以完全独立了。面对老师家长的谆谆教导，他们有意无意地回避、反感，甚至背离。

此外，还有最重要的一个因素，即生理的成熟和心理的不成熟之间的矛盾。由于阅历和经验的不足，造成其认识的不坚定性和易动摇性。他们的思维虽然具有独立性、批判性，但他们认知事物和看问题的偏差太大，从而出现认识上的片面、偏激、固执和极端化。对老师的正常教育往往从对立面去思考，认为老师是在和自己过不去，自尊心受到伤害的同时，行动上也故意与老师作对，最终受害的还是自己。

忠是某校初中三年级的一名男生,在这即将毕业的时刻,他在图书馆里注意到了一个女生,虽说只是一面之缘,但他也说不清为什么,就是鬼使神差地喜欢上了她。感情的冲动使他上课经常走神,晚上独自一个人时就想那个女生……理智上他也知道应该克制,但却无法让自己把全部精力都用到学习上。经过多方打听,忠知道了那个女孩是初二的师妹,叫莲,而且两家离得并不远。经过几次接触,忠经常送莲回家,有时候还给莲指导功课,平时大有出双入对之势。很快,家长和老师都向他俩"发起进攻",告诉他们早恋的害处,家长甚至还不定期跟踪。可是阻力就像感情的黏合剂,越是阻止,他俩越是反抗,最后竟然开始"光明正大"地谈恋爱了。当成绩一落千丈时,当两个人因一点儿小事而吵架分手时,他们才翻然醒悟。原来,早恋真的就是枝头的青苹果,好看却苦涩。

过来人都知道早恋没有好结果,但是,在那个花季里,少男少女们都会在心中为自己塑造一个公主或王子,只是在现实中的表达方式不同罢了。忠和莲最终的苦果一方面源于其自身青春期的性意识和独立意识的逐渐觉醒,认为自己已经成人,有恋爱的权利;另一方面是由于老师和家长的教育方法不当——这也是形成逆反心理的客观因素。

对青少年的教育,目前来看,主要是家庭环境的影响和老师、家长的说教,但由于父辈与子女两代间的价值观不一致,"代沟"阻碍沟通,很容易导致子女产生逆反心理。比如,父母都有望子成龙的心理,但是如果不考虑孩子的爱好而强迫孩子学这学那,当然就会引起孩子的逆反心理。当孩子学不好时,父母认为"不打不成器",时不时挖苦、讽刺孩子,结果极大地伤害了孩子的自尊心。还有的父母不理解孩子的好奇、探索心理,认为是在瞎胡闹,而引发孩子的不满情绪。还有些父母唯恐孩子不听话,反复说教,这种"疲劳轰炸"式的说教环境使孩子自然而然地产生厌烦心理,故意做出逆反的行为。

客观因素除了老师和家长之外,还有同龄人和大众传媒。俗话说:"物以类聚,人以群分。"每个青少年都有自己的朋友圈,这个同辈群体有着共同的心理感受和需要,有着相近的爱好、兴趣和共同的行为倾向。如果这个群体中有不良观念,就很容易使一些原本正常的青少年模仿、学坏。说到大众传媒,主要是指互联网和影视传媒,互联网对青少年而言是公认的双刃剑,既提供了学习的途径,也带来了不容忽视的负面影响。一些不良文化现象本来是用来警示青少年的,却被负面地接受了,甚至成了某些人放纵自己的可循之章。

　　青春期是我们从儿童到成人的过渡期,我们以成人自居,成人却把我们当儿童。由于缺少正确、有效的沟通与交流,于是,我们用逆反来表达自己的内心感受。当酿成苦果后,我们又后悔不已。怎么办呢?"沟通才是硬道理!"请将心中的苦恼或想法找个合适的对象倾诉吧,也请家长和老师以平和的心态来引导我们走向光明吧!

逆反也可以让问题少年天天向上

很多青少年常常不听话，喜欢与老师和家长"顶牛"、对着干。这种与常理背道而驰、以反常的心理状态来显示自己高明或不平凡的行为，往往是出于逆反心理。逆反心理的表现是多种多样的，例如，对思想教育的消极抵制；对法律制度、规定准则等的蔑视对抗；对正面宣传作不认同、不信任的反向思考；对先进人物和榜样的无端怀疑，甚至根本否定；对不良倾向持认同态度，甚至大声喝彩等。

面对青少年的逆反行为，父母和老师对这些"问题少年"不是表现出"苦大仇深"的样子，就是摆出"孺子不可教"的无奈姿态。这更刺激了青少年的逆反心理，刺激他们做出更出格、更反叛的事情来。如此恶性循环，最终导致青少年形成不健全的人格。

事实上，经过科学研究，很多心理学家都认为，只要处理适宜，引导得当，青少年的逆反心理对其身心健康是有正面影响的。这个研究结果为我们这些正在发愁的叛逆少年指引了出路，也为那些忧心的父母和老师提供了教育方面的参考和指导。

逆反心理并不会无缘无故地产生，从某个角度来看，它是教育弊端的一种曝光形式。有的父母不了解孩子的身心发育规律及程度，对孩子要求过高，让孩子承受过重的学习任务。还有的父母不了解孩子所具有的独特资质、潜能、兴趣和爱好，为孩子过早地定向，长时间地强制其训练，甚至反对孩子学习自己感兴趣的东西。时间久了，当孩子觉得自己无法承受或无法忍受时，自然就会产生抵触和反抗。因此，当发现孩子有抵触情绪时，父母要反思自己的行为及教育方式，另外，还要从孩子的逆反心理中发现其可取之处。

在平静、客观地分析之后，我们就会发现，逆反心理中包含着许多积极的心理品质，诸如独立意识强、勇敢、好奇心重、探索欲强、敢于创新等。设想一下，如果一切都遵循古训，那么社会还会有什么进步可言？青少年的逆反心理所包含的许多积极因素恰好是人类进步不可或缺的，只要父母和老师引导得当，在充满竞争的现代社会中，将有可能把"问题少年"培养成具有创造性思维、能开拓进取的人才。

从另一个角度来看，逆反心理还能防止一些不良品质的形成。在烦闷、压抑、生气的时候，他们敢于发作，使不愉快的心情或不利于身心健康的负面情绪得以释放、发泄，而不至于长期郁滞于心。这样，青少年就不容易产生畏缩、压抑、忧郁的心理，或者形成懦弱、保守、逆来顺受的性格。有时候，逆反心理还会使人发奋努力，以非凡的意志战胜困难和阻力，从而取得成功。

逆反心理到底是好还是坏，主要还应该看如何引导。青少年由于是非判断能力差，往往容易出现带有情绪性的逆反心理，这就需要家长和老师善于发现，善于利用青少年逆反心理中的积极因素，因势利导，培养青少年健康向上的人格。

形形色色的逆反心理

也许我们认为逆反心理是少数有心理疾病的人才会有的一种心理状态，那么我们就错了，逆反心理是我们青少年时期的一种普遍的心理现象，这种心理一般会在十五岁前后表现得尤为明显。在这个时期，我们的思想会发生很大的转变，以前我们把父母看得很伟大，觉得父母是最了不起的，父母说什么我们都觉得正确。可是现在不一样了，我们觉得父母的话并不是完全正确的，觉得父母总想来控制我们的一切，我们迫切希望自己能够从父母的"牢笼"中挣脱出来，渴望自己能够独立。于是，我们开始处处反抗父母，和父母作对，和管教我们的老师作对，这就是我们通常所说的逆反心理。青少年在青春期常见的逆反心理主要有以下几种：

(1) **理智型**。这一类学生往往有较强的自控能力，尽管他们也会产生反叛心理，但能够以大局为重，把自己的健康成长和学业进步放在重要的位置上，所以他们能够把握好自己的心理，将自己的逆反心理用在对自身和周遭环境的超越上。这样的学生尽管在班里只占很少数，可他们却是学生的榜样，在同学中间具有很大的影响力。

(2) **冲动型**。这种学生的自控能力较差，遇到事情爱冲动，将冲动的语言和行为当成一种宣泄的方式，并以此来表现自己的反叛。当处于冲动的状态时，他们的心理是极端叛逆的，这时候家长或老师最好不要对他们进行劝解，否则他们会更加反叛；等他们冷静下来以后，他们自己也会为他们的冲动感到后悔，如果选择这时候劝解，则能起到事半功倍的效果。

(3) **情绪型**。这一类型是最为常见的一种，主要表现为情绪波动很大，说变就变，别人不经意的一句话都有可能引起我们情绪上的巨变。我们经常将这种不良的情绪带到学习和生活当中，而又缺乏自我调节的能力，必须依靠时间和外力来化解我们的这种情绪。

正在成长··青少年心理健康自助完全手册

(4) 攻击型。这样的学生总想超越别人，但是他们又不通过正确的方式去超过对方，而是用一些歪门邪道的办法，不是和对方明着发生争执，就是暗中找人家麻烦，一旦有谁超过他，他们就会将对方视为自己攻击的对象。

(5) 消极型。这一类学生往往比较自卑，尽管他们也想反叛父母和老师，想跟同学作对，却又怕被父母和老师批评，怕和同学发生冲突，所以他们总是采取比较消极的对抗方式来表现内心的叛逆。比如，用沉默来反抗对方——老师批评他们，他们虽然不能接受，但他们也不顶撞老师，就用沉默的方式来反抗老师。这类学生在班里通常只占很少数，而且一般比较孤僻。

以上就是我们青少年身上常见的反叛类型，也许我们身上会同时存在几种不同类型的叛逆心理，对此我们一定要有正确的认识。尽管逆反心理是我们青少年在青春期的一种普遍现象，但是我们也不能大意，有必要采取积极的措施来对自己的逆反心理进行调适，以便形成健全的心理。

和老师唱对台戏

栗稳今年上高二了，他平时在班里的表现并不出色，经常迟到、早退，上课经常打瞌睡，老师提问的时候，即使是很简单的问题他都回答不上来，可是，每次考试他总是稳居全班前五名。很多同学都以为他是"神童"，对他佩服得五体投地。其实，栗稳并不是什么神童，他也是一个学习刻苦的学生，只不过他学习的时候大家都不知道罢了。他这样做都是为了和老师作对，因为老师平时总爱对学生耳提面命，强调学习的重要性，而且还对大家很严厉，这让青春活泼的栗稳感到很反感。于是，他就故意和老师作对，上课的时候故意趴到桌子上睡觉，其实他并没有真睡，反而将老师讲课的内容全都记在了脑海里，私下里就将它们都记到笔记本上。课堂上，老师提问他，他明明都会，却故意回答错误。自习课上，只要他看到老师过来了，就立即拿出事先准备好的武侠小说放到课桌上看。因此，在老师的眼中，他是个不好好学习、总是破坏纪律的调皮学生。但是回到家，他就表现得非常好，一点儿不用父母督促，学习起来废寝忘食。所以，他才总能保持那么优秀的成绩。

栗稳的表现还算是比较好的，虽然和老师唱对台戏，却并没有忘了作为学生的职责——他暗地里还是很努力地学习，虽然他的做法并不值得提倡和学习，但至少他的学业从来都没有落下过。不过，我们有些同学就不行了，为了跟老师作对，他们干脆就不学习了，以为自己考很低的分数就可以气到老师，自己的目的就达到了。不言而喻，这种想法是非常错误的——我们这是搬起石头砸自己的脚，最后倒霉的还是我们自己。所以，我们一定要学会调整自己的心理，不能让逆反心理影响我们的学习。具体做法可参照如下几条建议：

首先，端正学习的态度。也许是平时老师和家长的要求过于严格了，所以

找回健康的自我

我们青少年总有这样的误解：学习是为老师和父母而学的，从来都没有将学习当成是自己的本职工作，以一种主人翁的精神和态度去对待学习。所以，我们才会在学习上故意与老师和家长作对，他们让我们学，我们偏不学。其实不然——我们学习是为了自己，为学到更多的知识、开阔眼界，并为自己有个美好的前途而打下坚实的基础。因此，我们必须端正自己的学习态度。

其次，加强同老师和父母的沟通。如果我们觉得老师和父母对自己的要求真的太严苛了，大可不必和他们作对，可以试着和老师、父母进行沟通，通过一种正确的方式让他们认识到他们的做法真的给我们造成了很大的困扰。他们也是希望我们能学好，如果他们了解到自己的做法不恰当，相信他们是会及时改正的。

最后，充分认识到学习的重要性。如果我们知道了学习的重要性，也就不会在意家长和老师怎么做了，而是会关注我们自己要怎么做。只要我们努力学习，相信父母也不会整天盯着我们，不停地在我们耳边重复学习的重要性、重复约束我们的规定了。

班干部成了眼中钉

经常听见一些同学在私下里义愤填膺地说："班长他管得太宽了，谁干什么他都要管，整天对我们指手画脚的，耍什么威风！有什么了不起的，不就是老师的跟屁虫吗！"由此可见，我们对班干部的意见还真是不小。我们现在的青少年都很有个性，独立意识和自我意识都很强，有时候连老师和家长的管教都不服气，更不用说是和我们同龄的班干部了。如此一来，我们总是不服从班干部的管理。班干部让参加集体劳动，我们就推三阻四；班干部要求不要在自习课上讲话，我们故意嘁嘁喳喳地说个不停。私下里，我们都认为班干部就是老师的"跟屁虫"，是一伙儿的，于是就把他们当成眼中钉。

崔明亮是高二的学生，作为一班之长，他最近很郁闷，认为自己这个班干部当得很失败。原来，当了班长以后，他迅速成为全班的"公敌"：如果不好当面顶撞他，大家就以沉默应对；他布置下去的任务，不是没有人执行，就是被敷衍了事。班级事务乱糟糟的，为此，他们班好多次在年级大会上挨批，害得他总被班主任批评。当然，崔明亮不是不想做好班里的工作，他很认真地执行老师布置的各项任务，很努力地想做好班长的职责，但问题是班里的同学敌对情绪很明显，让他的工作很难开展——他让同学做事情，同学都会搬出一大堆道理来跟他理论；他到班主任那里反映这些情况，同学就会说他是班主任的"走狗"，更会和他对着干。于是，崔明亮的班干部工作越来越难做，人缘儿也越来越差。他怎么也不明白，事情怎么会发展到如此尴尬的境地？

相信有很多班干部对崔明亮的处境和郁闷的心情感同身受——很多叛逆的青少年朋友都在这一时期对班干部有明显的"敌对"情绪，这其中也包

括我们自己，只不过我们从来都没有意识到自己有什么错误罢了。我们总是持一种否定的态度去看待班干部，所以才会误解班干部，对其产生逆反心理，不服从他们的安排。我们对班干部的对立情绪会严重影响到班集体工作的开展和班集体的和谐，从而给我们个人也带来很多不利的影响。因此，我们有必要从心理上做些调整：

(1) **理解班干部。** 我们之所以不服从班干部的命令，喜欢和班干部对着干，就是因为我们不重视班干部，不理解班干部的工作，认为班干部就是喜欢对我们指手画脚，觉得他们没有资格对我们这么做；而且，他们那么"尽职尽责"也不是为了我们，而是在为老师工作，为了自己能在老师面前留个好印象。如果我们能够理解班干部的苦心和努力，知道他们工作都是为了我们这个班集体，是在为我们服务，相信我们就不会再对班干部有什么偏见了。因此，我们要理解班干部，配合好他们的工作。

(2) **认清集体和个人的关系。** 一个班级就是一个集体，我们个人和集体是休戚相关的，如果集体的利益受到了破坏，我们作为班级的一个成员也会跟着受影响。很多时候，我们之所以会对班干部组织的集体活动不积极对待，还产生抵触情绪，就是因为我们没有清楚地认识到集体和个人之间的关系。因此，我们一定要正视集体和个人之间的关系。

死党变成了死敌

也许我们都有过这样的经历:我们明明只是说了一句很平常的话,却招来了好朋友的激烈反驳,甚至还会因为彼此各执己见而吵得面红耳赤。要知道,我们以前可是最要好的朋友啊——我们有共同的爱好,很多观点也一致,做什么都能想到一起,别人都说我们是死党。可是,现在发生这样激烈的争执,以致伤害了我们之间的感情,让我们慢慢地由死党变成了死敌,这是为什么呢? 事实上,这也是逆反心理在作怪——通过对对方的反驳,来显示我们自己。

赵泓艳是名初三的学生, 她和好朋友吴敏从小学到初中一直是同班同学,而且两人还"臭味相投",不用说,她们是最铁的死党。她们的学习成绩都很棒,两个人不仅经常一起讨论学习上的问题,互帮互助,而且还总在一起玩,常去对方家里串门,真的比亲姐妹还要亲,这让班里的其他同学都很羡慕。然而,让大家大跌眼镜的是,最近她们之间竟然闹得不可开交。她们经常会因为一个小问题而争论不休, 这个说这样比较好, 另一个马上就否定对方,并坚持认为自己的说法才是正确的;有时候其他同学向她们中的一个请教问题,另一个也会围过来,常常因为一道题而吵得天翻地覆,最后同学没有从她们那里得到帮助,反而被她们给轰走了。她们之间类似的争执从之前的偶尔有之发展到现在的几乎每天都发生, 这样吵来吵去的最终结果就是将她们的友谊吵丢了。她们内心逐渐产生了很深的隔阂,不再在一起玩,也不再相互讨论学习,而是赌气谁也不理谁,渐渐地形同陌路。于是,一对死党就这样变成了死敌。

她们原本可以在学习上和生活上成为对方的一面镜子，可是，这段珍贵的友谊却这样画上了句号，真是令人惋惜。这也许是年少轻狂的我们无法避免的事情吧——我们都过分追求自我，太想表现自我，所以就容易表现出叛逆，与身边的人形成对立。这其中也包括对我们的同龄人表现出的反叛，破坏了我们和同学之间的友谊。所以，我们要学会从这两个方面着手来改变自己：

（1）**和同学之间要做到求同存异。**"己所不欲，勿施于人。"每个人都不喜欢被人强迫，所以我们不能将自己的思想强加于人。如果我们不认同他人的观点，可以说出自己的观点，但不能强迫他人认同我们的观点——或许人家的观点才是最正确的呢。所以，在和同学讨论问题时，我们最好能做到求同存异，能统一观点的当然好，实在不行，我们可以理智地保留彼此的观点，谁也不必强迫对方接受自己的观点。

（2）**要懂得尊重同学。**也许有时候真的是同学错了，但人都好面子，如果我们当众指出他的错误使他难堪，甚至当面嘲弄他，他肯定会不服，这也就导致了矛盾和反叛的产生。所以，我们要注意自己的表达方式，并懂得尊重他人，这才是最重要的。

故意和父母作对

青少年的逆反心理表现得最为明显的就是故意和父母作对。我们为了向父母证明自己已经长大了,完全可以自己决定自己的事情了,所以无论父母说什么,我们都会竭力地加以反驳,想以此来让父母对我们有个全新的认识,给予我们充分的自由和肯定。但是,家长并不认为我们能够独立——事实上,我们也的确不够独立——所以在很多事情上还是会替我们作出决定,并对我们耳提面命,这让我们更加烦恼,逆反心理也更加严重。我们无法改变这样的结果,就只好处处和父母作对,父母让我们往东,我们偏往西,以表达自己的不满。

张阳是名初中二年级的学生,平时在班里学习成绩很出色,在家里也是个非常讨人喜欢的孩子,父母都以他为骄傲。可是,最近父母发现张阳有些反常。以前不管父母说什么,他都会照办的,但是现在他不仅不再那么听话了,还总是反驳父母,跟父母对着干——父母让他饭前不要出去运动,他偏不听,总在晚饭前偷偷地跑掉,然后气喘吁吁地跑回来吃饭;当妈妈批评他的时候,他还理直气壮地说道:"人家都说饭前运动会增加食欲的。"妈妈让他不要乱扔脏衣服,他偏偏每次都把需要换洗的脏衣服扔得满屋都是,妈妈说他几句,他马上反驳道:"大男人要不拘小节!"不仅如此,他还经常在家里搞一些破坏。爸爸让他没事的时候给阳台上的花浇浇水,他却将花连根都拔了扔掉,还故意把家里的小金鱼给撑死了,还经常把家里的地板弄得脏兮兮的。问他为什么要这样做,他说:"这样捣乱很好玩。"

张阳的行为看似很幼稚,却是我们青少年身上比较常见的一种现象。对父母的逆反可以说是我们吹响的青春期号角,我们用自己的方式来告诉父母"我们真的长大了"。成长本身是一件令人高兴的事情，可问题是我们并没有真正长大，所以，我们的逆反就容易走向极端。因此，在这个时期，我们一定要注意心理调节，不要让逆反心理成为自己成长路上的陷阱。

(1) **学会体谅父母**。我们之所以反叛父母，大多是因为我们觉得父母对自己管教得太严了——他们不给我们自由，这个不能做，那个也不能做，总把我们当成孩子看待。所以，为了争取自己的"正当权利"，我们才会故意和父母作对。我们应该明白，父母做任何事都是为了我们好。尽管我们在生理上已经快成长为一个大人了，可是我们的心理依然很不成熟，对很多的人和事都还没有足够的经验，无力独自应对花花世界，总会因为自己的不成熟而出现这样或那样的错误，所以父母的担心并不是多余的，他们的引导是很有必要的。因此，我们要学会体谅父母，想到父母都是为我们好，自然也就能打消和父母作对的念头。

(2) **要有正确的是非观**。为了和父母作对，我们宁愿冒着做错事的风险，也不愿按照父母说的去做，结果我们就走入了死胡同，这是自讨苦吃。所以，我们要形成正确的是非观，不能为了表现自己的独立及个性就硬往火坑里跳，那样会得不偿失的。

负气离家出走

如今,青少年离家出走已经不再是什么新鲜事了,经常听说有离家出走的学生,这让社会不得不来关注我们这些青少年究竟现在都在想些什么,我们身上究竟发生了什么大不了的事情,要我们用这种比较极端的方式来宣泄?其实,原因有很多,但最主要的还是来自父母和老师方面的——我们不能够接受父母和老师的一些要求和做法,所以负气离家出走。

薛明是名初三的学生。别看他年纪小,可他已经离家出走过两次了。第一次是他读初二的时候。那一年寒假,妈妈让他学习绘画,而且还在绘画班替他报了名并交过学费了,原本对绘画很感兴趣的他却对妈妈的自作主张感到很反感——妈妈怎么可以不跟自己商量一下就擅自决定呢?可是,钱已经交了,妈妈非要让他去,他见逃不掉,就负气离家出走了。虽然这次他只是在同学家待了几天,但却迫使妈妈对他妥协了。第二次是在他刚升初三的时候,班主任为了让他在英语上有所提高,就交待英语老师私下里给他补课。于是,放学后,英语老师将他叫到办公室给他"开小灶"。当明白了事情的原委后,他觉得班主任这么做太不尊重自己了,事先竟然不征求自己的意见。对此,他感到很难过,不想上学了,可是一想到妈妈肯定不会答应他的,所以他就又选择了离家出走。这次他没有去投靠亲戚朋友,而是拿着自己的几百块钱压岁钱去了另一个城市。在那里待了几天,身上的钱花得差不多了,自己又不懂得谋生,他不得不给妈妈打电话,让妈妈把他接回去。

薛明的两次离家出走,尽管都有家长和老师的原因,家长和老师不该不征求他的意见就擅自替他决定一切,这是家长和老师的疏忽。可是,薛明的做法更是错误的,他这样做看似是对父母和老师的示威之举,也起到了一定

的效果，但并不是解决问题的根本办法。从中反映出来的问题让我们忧心——我们现在很多青少年都将离家出走当成解决和家长、老师之间的冲突的唯一办法。可是离家出走会引发很多问题，产生许多严重的不良后果。首先是我们的学业被耽误了，这不利于我们进一步的成长和学习深造。其次这么小的年龄就走入复杂的社会，我们不懂得如何谋生，甚至容易上当受骗，而且很容易受到社会上不良风气的影响，或被别有用心的坏人欺骗。第三，我们的离家出走让父母和家长担心、着急，为了寻找我们，他们不得不打破自己原有的生活和工作方式。所以，我们一定要避免这样的事情发生。

诚然，我们和家长、老师之间因为年龄、经历、价值观等诸多因素而确实存在着代沟，但是我们之间也绝对不是完全隔膜的，无法交流的。毕竟他们是长辈，有着远比我们丰富的社会阅历和人生经验。如果我们能够虚心地听一下他们的想法，了解一下他们这么做的原因，我们就不会觉得不可理解了，还能从他们那里学会如何全面地看待问题，自然也就不会再离家出走了。

明令禁不止

没有规矩,不成方圆。所以不管在哪里,都有规定——正所谓"国有国法,家有家规",学校也是一样。为了保证我们青少年能够健康地成长,学校制定了很多条条框框来约束我们的行为,而且除了校规,我们每个班里都还要制定自己的班规,每次新学期开学,我们都要认真地学习这些规定。可是,我们青少年真的非常厌恶这些班规、校规,将它们视作套在我们身上的枷锁,认为是它们锁住了我们的自由。所以,我们总会对它们产生了逆反心理。学校明令禁止的事情,到了我们这里却成了"令不行、禁不止"。这是我们校园里一个比较普遍的现象。

卢晓萍是某重点高中二年级的学生,她在那所著名的高中也是"著名"的人物。让她出名的不是别的,正是那些校规校纪——她不是遵守校规的模范,而是违反校纪的典型。学校明文规定中学生不能烫发,可她不仅将头发烫成了爆炸式,还染成了彩色的。学校明令禁止穿奇装异服、女生不准穿高跟鞋,可是她好像根本不知道这条规定一样,不仅穿的衣服都是典型的奇装异服,还整天穿着高跟鞋到处乱跑。学校一再强调禁止青少年早恋,可是卢晓萍身边从来都没有少过男朋友,而且还经常换,很显然是在早恋。卢晓萍的种种表现,让学校的领导和老师异常头疼,多次对其进行批评教育都无济于事,卢晓萍依然是我行我素。她原本就对那死板的校规校纪感到厌恶,再加上厌烦老师和学校领导对自己的规劝,她的逆反心理反而更强烈了,故意破坏校规校纪。

像卢晓萍这样目无校纪的学生,在我们青少年当中也不在少数。刚开始,我们可能是偶然违反了一次校纪,结果遭到了老师和学校领导狠狠的批评——他们的做法并没有对我们起到多大的教育作用，反而让我们觉得很难堪、很难接受，还让我们产生了逆反心理。我们开始明目张胆地违反校规校纪。我们应该清醒地认识到，尽管我们这么做表现出了自己的个性，但违反校规校纪是不对的，一旦这种不良的做法形成习惯后，我们将很难成为一个遵纪守法的人。因此，我们可以从下面两点做起，为做一个守规矩的人而努力：

（1）**正确认识校规校纪。**我们青少年之所以不遵守校规校纪，甚至故意破坏，是因为我们对校规校纪缺乏正确的认识。我们认为，学校和班里制定出的一系列纪律规定都是为了整我们，限制我们的自由和权利，只要我们违反哪一条，老师和学校就会抓住我们的小辫子不放，所以，我们总是对校规校纪产生一种逆反心理。如果我们能将这些条条框框看成自己健康成长的"护身符"，看做自己成为"方圆"的前提，那我们也就不会故意违反纪律了，而是会很认真地遵守校规校纪。

（2）**可以向学校和班级提出合理化建议。**如果我们觉得学校或班级制定的规定确实比较苛刻，那么我们完全可以通过正确的渠道去向学校领导或班主任反映情况。相信只要我们言之有理，学校领导和老师不会对我们的建议充耳不闻的。

撞到"南墙"也不回头

经常听有的家长这样说自己的孩子："我们家孩子真是让人头疼，犟得十头牛都拉不回来，就是他错了，他也要错到底，人家是'不撞南墙不回头'，他倒好，撞了南墙也不回头！从来不肯听别人的意见，该怎么办呢？"很显然，这些家长被执拗的孩子给折磨得很无奈。也许我们会偷着乐家长的"无能"，可是，难道我们就没有发现自己很像那家长口中的孩子吗？我们身上不也存在类似的状况吗？只要是我们自己认准的事情，即使是错误的，我们也要一条道走到黑，从来都不愿听别人的劝说，而且别人越劝，我们越反感——刚愎自用的结果就是我们总是撞"南墙"撞得头破血流，吃尽苦头，可我们下一次做事时还是会这样执拗。我们太过于追求自我，所以就变得自负，甚至刚愎自用，这是我们现在青少年身上的一个共性。

佟彤已经读初三了，学习成绩不错，家庭环境也好，老师也很喜欢她，但是她整天生活得并不快乐，因为她总是处理不好生活中的一些事情。这和她太过倔强的性格有关——她总觉得自己什么事情都能干好，所以基本上不会听取别人的意见。她这样做看似很独立、很自强，其实却给自己带来很多原本可以避免的麻烦。比如，她做事情的时候，别人看见她出了错误就好心地给她指出来，她不但不领情，还认为别人对她指手画脚是对她的一种不尊重，所以将别人的好心当成了驴肝肺，并固执地按照自己的想法走下去。结果，她经常做一些无用功，白白浪费了很多时间。可是她并不吸取教训，还是会在生活中自寻烦恼。

可见，刚愎自用并不能显现出我们的自立，反而会让我们误入歧途。因此，我们必须改掉这个坏毛病。这里有两点建议可供大家参考：

（1）**学会做一个虚心的人。**俗话说："虚心使人进步，骄傲使人落后。"我们之所以会刚愎自用，是因为自己太骄傲自负、不虚心、不愿意听从别人的意见。如果我们能够做一个虚心的人，当别人给我们指出错误的时候，我们不是只想着去对抗别人、反驳别人，而是认真、冷静地思考一下人家说的究竟有没有道理，如果确实是我们出错了，那么我们就要及时地改正错误。这样，我们也可以避免犯很多不该犯的错误。

（2）**莫让自己陷入孤立的境地。**现在我们青少年的一个显著特点就是太过自立、自尊心太强、不喜欢别人主动提供帮助，更不会轻易地接受别人的意见。其实，我们这样做是很危险的。俗话说："一个篱笆三个桩，一个好汉三个帮。"谁都不能断言自己一生都不需要别人的帮助，总是拒绝别人的好意，这样容易让自己陷入孤立的境地——当我们真正需要帮忙的时候，会发现自己早已陷入孤立的境地，到那时就真的是"叫天天不应，唤地地不灵"了。因此，不管怎么样，我们都应该正确对待别人的帮忙和建议，让自己融入到群体之中，从而避免自己陷入孤立的境地。

喜欢搞恶作剧

　　吴健彬是名高二的学生,他在班里是有名的捣蛋鬼,整天搞些恶作剧,经常闹得班里"鸡犬不宁"。同学们对他防不胜防,一般见了他都会躲着走。也不知道他整天怎么会有那么多的精力,不仅没被繁重的作业所累,反而过得很轻松, 能很轻松地把学习搞好——这让他有更多的精力和更多的时间花在捉弄同学上。他不是今天把一条毛毛虫放到了某个女同学的课桌里,就是明天又将某个男同学的凳子腿儿弄坏了一个, 然后看着那位同学当众摔倒在地。不仅如此,他还将恶作剧搞到了老师的头上。比如,在冬天的早上,他故意在老师的宿舍门口洒上很多水, 等老师起床后, 那些水早已冻成了冰,而老师并不知道,开门只顾去上课,却不料四脚朝天地摔倒在门口的冰上,弄得老师哭笑不得。吴健彬几乎每天都搞一些恶作剧,用他自己的话说,他都已经习惯了,如果哪一天没有做,他就会感到这一天很空虚。

　　正处于青春期的我们有着相当旺盛的精力,本就喜欢张扬,男孩子调皮捣蛋更是不在话下,再加上学业上的压力,这使得我们迫切需要寻求缓解压力的途径。于是,搞恶作剧就成了我们首选的解压方式。可是,我们有没有想过,这样做我们是开心了,可是那些被我们捉弄的老师和同学呢? 我们将自己的快乐建立在别人的痛苦之上,是不是太自私了? 所以,希望我们能够改掉搞恶作剧的坏习惯。

　　首先,认清恶作剧的危害。 我们之所以喜欢搞恶作剧,是因为我们只看到恶作剧带给我们的快乐,而忽视了它给我们带来的不快,认识不到它的危害性——如果我们习惯于搞恶作剧, 习惯于将自己的快乐建立在别人的痛苦之上,那么对于我们的人格培养是很不利的,我们会因此成为一个自私自利、心理阴暗的人。

其次，**正确看待同学之间的友谊**。我们搞恶作剧的对象大多是自己不喜欢的同学或老师，我们想通过这种方式来捉弄他们，让他们当众出丑，以为这样就解了我们的"心头之恨"。殊不知，我们这样做纯粹是损人不利己——这既伤害了他人，也对我们没有什么好处，只会损害我们在同学们心目中的形象，拉开我们和同学之间的距离。所以，我们要学会正确看待同学之间的友谊，有矛盾就应采取正当的途径光明正大地去解决，而不是动歪脑筋。

再次，**用正面的东西去吸引同学和老师的关注**。当然，有些同学搞恶作剧是想通过自己的行为去吸引同学和老师的注意，从而实现自我肯定。但是，他们的想法大错特错了，他们这样做不仅不会赢得老师和同学的肯定，反而会让大家觉得反感，甚至厌恶。所以，我们要学会用正面的东西去吸引老师和同学，通过自己在学习上或者其他方面的成就去改变老师和同学对自己的看法。

喜欢标新立异

许曼茹是名刚读高一的学生,乍一看,她绝对是标准的"新新人类":戴着最流行的"超女"眼镜,穿着最新潮的服饰,单肩背着个大书包,脖子上挂着MP4,浑身上下散发着潮流的气息;她说话很有个性,土生土长的北京人偏偏满嘴港台腔,顺便飘出两句英语;如果问起她的兴趣和爱好,她会很有兴致地跟你讲她喜欢的歌星、她常听的音乐、她对某本新书的看法等。从她的谈吐可以看出,她是个兴趣广泛的女孩,时下流行的事物几乎都是她关注的对象,因此,她总能引领班里的潮流。她喜欢的东西更新得很快——班里的其他同学总是跟她的风,而她又不愿意和她们"撞车",所以她总是喜欢标新立异。比如,今天她戴了这一款发卡,两天后全班大部分女生都会戴上同样款式的,这时候大家就会发现,许曼茹又换了头饰——她已经不用发卡了,而是用一块彩色的纱巾松松地拢住了头发。

标新立异是我们青少年时期的一种心理追求,许曼茹正是我们这类青少年的典型代表。我们正处于形成自己的性格和确立自我的关键时期,需要通过标新立异来显示自己的与众不同,以便获得自我肯定。尽管社会对我们做出了一定的规定,可是为了让更多的目光关注我们,我们会想尽办法来表现自己、展现自我,以吸引别人的眼球,而我们会从别人的目光中得到我们需要的社会肯定。但是,我们采取的方式往往有失稳妥——我们不是表现出自己积极向上的一面,而是盲目地将追潮流、赶时髦当成了自己标新立异的资本,这对我们的健康成长不会起到什么积极的作用。因此,我们有必要适时地调整自己:

(1) **要有正确的价值观**。我们之所以会把一些消极的东西当成是时尚,是自己追求标新立异和自我肯定的资本,对它们趋之若鹜,就是因为我们没

有形成正确的价值观，认识不到那些消极的东西带给我们的只是一些不良的影响。因此，我们不要被一些新鲜事物所迷惑，也许它们真的很刺激，但它们对我们来说并没有什么价值或意义，我们这个年龄段最需要的是培养正确的价值观和价值取向，用一些积极向上的东西来净化、美化我们的心灵，让我们在成长之路上能够走得轻松、顺畅。

(2) **做一个冷静的旁观者。**有时候，一看到新鲜事物，我们就会一窝蜂地跟上去，根本不去考虑它们有什么价值，更不会考虑它们会不会给我们带来不良的影响，所以在新鲜劲儿过去后，我们总会感到很空虚。因此，我们要学着做一个冷静的旁观者，冷静审慎地看待新鲜事物——如果它们的确是对自己的学习和成长有帮助的事物，那么我们可以大胆地去尝试它，反之，我们就应该远离它。这样，我们就不会因标新立异而感到空虚了，当然也不会受到什么不良影响了。

喜欢冒险

小雨刚上初中二年级，最近看了《蜘蛛侠》后，像变了一个人似的，以前很胆小的他现在忽然变得特别大胆，而且还总喜欢寻找刺激，比如做一些比较危险的动作之类的。前几天，他就在家里把父母吓了一大跳。晚上睡觉前，妈妈习惯到小雨的房间看看他睡着了没有。那天晚上，妈妈习惯性地推开小雨房间的门，却发现床上空空的，心急如焚地喊来爸爸，两个人把小房间翻了个底儿朝天也没有找到。那么晚了，小雨能去哪儿呢？联系小雨这几天的怪异表现，妈妈感到肯定发生了什么事情，两个人准备到外边去寻找小雨。这时，小雨妈妈抱着侥幸的心理喊了小雨的名字，谁知居然听见小雨在窗外答应呢。爸爸妈妈慌忙推开窗户，只见小雨正趴在自家的窗户上要往上爬——原来他正穿着蜘蛛侠的战袍，在模仿蜘蛛侠飞檐走壁呢。幸好小雨家住一楼，爸爸妈妈又发现得及时，这才避免了一场灾祸的发生。

生活中，像小雨这样的青少年也不在少数。因为年龄的问题，我们思考问题不全面；而且知识面不够，无法辨识事物的真假；此外，我们的好奇心很重，再加上我们的反叛心理——宁愿相信传媒，也不信任父母和老师——易受大众传媒的影响，尤其是看了某些子虚乌有的影视剧之后，我们觉得做一个平凡人真是太无用了，做一个普普通通的人太失败了，梦想着做一个无所不能的超人。因此，我们就动了模仿危险动作的心思，把冒险当成一种快乐，将自己想象成了影视剧中的某些万能的超人，也想试试飞檐走壁。殊不知危险也正在一步步地靠近我们，我们的冒险之举迟早会给我们带来严重的后果。所以，杜绝这种不切实际的想法和行为是完全有必要的。

首先，不要模仿影视剧中的危险动作。我们必须清楚，影视剧中的那些让人眼花缭乱的超难度动作和危险动作基本上都是通过特技展现出来的，

并不是真实的动作,尤其是那些飞檐走壁、飞天入地的动作更是不现实的。现实中的人不凭借任何器具是不可能完成的,就连宇航员升空还需要宇航飞行器等各种设备呢,更何况是我们这些手无缚鸡之力的中学生?

其次,拥有一颗平常心。我们之所以会萌发出模仿危险动作的念头,是因为我们不能正视自己作为平凡人的一种反叛。我们认为,和那些超人比起来,自己真的太平庸、太无能了,我们不甘心于自己的普通,就想模仿他们,以期自己也能成为可以掌控一切、惩恶扬善的非凡的大英雄。我们这样做,实际上是我们没有用一种正常的眼光来看待自己,不能以一种平常心来审视自身。所以,拥有一颗平常心很重要。

最后,做一个虚心、谨慎的人。很多青少年朋友都喜欢冒险,喜欢尝试一般人不敢做的事情,其实这是因为我们喜欢表现自己,想让周围所有的人都用一种羡慕的眼光来看待我们。于是,我们总爱逞能,喜欢做高难度的动作,以此来吸引所有人的眼球,但是我们这样做往往会给自己带来很大的伤害。所以,我们要做一个虚心、谨慎的人,不要一味地想着去冒险、去吸引别人的目光。